中國現代經典童話 III

徐建華
張秋生 主編

目次

阿甲、爺爺和海底怪

曹菊銘

曹菊銘（一九四九—），上海人。一九八四年開始兒童文學創作，著有童話《繡女秀秀》、《公公、婆婆和狗狗》、《跳進大海裡的小星星》等。〈阿甲、爺爺和海底怪〉發表於一九九○年代初。

一

在阿甲的心目中，爺爺是了不起的英雄。爺爺是打魚的，在方圓幾里的漁村裡誰不知道？他能看天識水，能攬海誘魚。爺爺那杆黑頭魚叉呀，嘿，沒說的！可是，最讓人佩服的還是爺爺的膽量，他連海底怪都不怕。

海底怪住在海底，紅臉綠髮，是個凶惡的妖婆。聽說她常常興風作浪，專掀打魚的小船。她愛吃落水的人，吃他們的心，多怕人呀！但是爺爺不怕，爺爺單船出海，正遇上海底怪，爺爺跟她廝打，揪下她一把長頭髮。爺爺把妖婆的頭髮紮到被大夥稱做「烏龍」的漁船桅檣上。「烏龍」迎風疾馳，綠長髮高高飄起，海底怪遠遠地就躲開了。

從此，漁村裡所有的漁船都跟著爺爺的「烏龍」出海，不管多大風浪，每次都能滿載而歸。

阿甲求爺爺：「爺爺，好爺爺，帶我出海吧，我也要學打魚。」

爺爺捋著白鬍子笑呵呵地說：「好好，我還要把『烏龍』和黑頭魚叉傳給阿甲哩！不過阿甲呀，要等你過了十歲生日，掛上長命鎖才行喲！」

是啊，九歲蟲十歲龍嘛，過了十歲生日，金閃閃的長命鎖一掛上脖子，好幹大事！阿甲就盼著這一天快快到來。

二

這一天終於要到了。

天沒破曉，公雞還沒打鳴，爺爺就摸黑起床了。他背起麻絲漁網，「吱呀呀」拉開屋門，一大步跨出門坎。

阿甲睜開惺忪的睡眼，問道：「爺爺這麼早就出海？」

「明天不是你十歲生日嗎？爺爺去找海底怪討魚，那賊婆子藏著金鯰魚呢。」

金鯰魚！阿甲聽爺爺說過，那是最難得到的魚，能賣大價錢，好換金閃閃的長命鎖呀，爺爺眞好！

太陽遠在東邊天上懸著呢，阿甲早早地站到大海邊，望著藍緞一樣的海面，一次又一次向遠處飛來的海鷗打聽：「看見我爺爺了嗎？看見我爺爺抓到金鯰魚了嗎？」可是，海鷗們只是搖頭。

太陽從頭頂慢慢滑過，西沉了。天色漸漸暗下來，爺爺還沒回來，阿甲的心頭也蒙上了陰影。爺爺不會出事吧？阿甲彷彿看見海底怪，紅臉綠髮，張牙舞爪，拖著爺爺往海下鑽。

「爺爺！」阿甲伸出雙手，忍不住要撲向大海。就在這時候，昏灰的地平線上出現了「烏龍」的影子。

「爺爺！」阿甲高叫。是爺爺，爺爺回來了！

「烏龍」靠了岸，爺爺走上灘頭。

「抓到金鯰魚了嗎？」阿甲急切地問。

爺爺點點頭。

「魚在哪兒？」阿甲四處張望。他想，爺爺抓到的準是條特大的金鯰魚。

可是爺爺只揚了揚手中的小砂罐。阿甲捧起砂罐，原來是條丁點兒大的魚娃娃。

「爺爺，您的手臂怎麼啦？」阿甲突然看見爺爺的手臂在流血。是被海底怪咬的？這可是從沒有過的事呀！阿甲再看爺爺，真的，爺爺一臉倦容，衣服也被撕了個大口子。

爺爺不吱聲，「哧」的一聲，從白褂子上撕下一塊布，自己包了傷口，拉著阿甲頭也不回地往家走。

裝金鯰魚的小砂罐被爺爺加上蓋放到神龕前。爺爺又特地向村頭的道士張半仙求來一紙神符貼到砂罐上。

爺爺悶悶地不吭聲，喝空了酒葫蘆，倒在鋪上呼呼睡了。

爺爺睡得很沉，阿甲卻睡不著，他支起耳朵聽……

砂罐裡在「嘩嘩」作響。奇怪，小小的砂罐裡像有誰在翻江倒海，接著是屋外狂風大作，「嗚嗚嗚——」像吹破了天，遠處海邊的波濤跟著鬧騰開了。

一會兒，風打起門來，「咚咚咚——」門栓抖個不停，終於斷了，惡風推門而入，帶進一團漆黑的烏雲。

烏雲直沖向神龕，剎那間，撞到砂罐上，迸射出可怕的閃光。閃光中，阿甲看見了似人非人的妖影。

「哦，爺爺！」阿甲高叫一聲，那妖影早從神龕前退回，滾到阿甲跟前，還像進屋時那樣飄渺如烟雲，把驚慌中的孩子緊緊裹住，滾出屋門去了。

三

阿甲使勁掙扎，但是，像被軟繩捆住了，怎麼也動不了。直到烏雲突然散開，他才發現自己已經到了一個岩洞裡。

那岩洞眞大！頭頂懸著一顆碩大無比的珠母，珠母發出昏黃的光。

阿甲細看，才知道她太老了，已經龜裂了。在珠母有氣無力的光暈裡，四周一切看上去都飄忽不定：有蛇一樣扭動的花草，有各種奇石怪礁搖曳著它們的影子。當一隻老龜有氣無力地爬過而且「噗噗噗」吐出一串串水泡時，阿甲明白了，這裡是海下的礁洞。

一隻黑爪慢慢伸向阿甲，在他後背猛一拍。阿甲吃了一驚，回頭看，看見一張披散著綠髮的紅臉。

海底怪！阿甲倒退兩步。不錯，站在他對面的正是那個讓多少漁民都痛恨、害怕的妖婆。

「你要幹什麼？想吃我嗎？」阿甲想到爺爺，突然有了勇氣，「吃吧，你吃吧，我的心在這兒，小心我爺爺找你算賬！」他一把扯開小褂，把剛發育的小胸脯挺得老高。

「吃你，吃人？哈——」海底怪仰面大笑，四肢亂舞。阿甲發現她原來像隻大蛙。

「不！」妖婆大吼一聲，「我不吃人，但我恨人！」她的眼發紅了，像兩塊燃旺的炭。

「恨人，爲什麼？」

「因爲你們抓光了我的兒女子孫。」

「你的兒女子孫？」

「對，就是海裡的魚蝦蟹貝，他們都是我的孩子。你爺爺太狠，連我那未成年的最小的子孫都不放過，還扎傷了我。」

「是小金鯰魚？」

海底怪點點頭，兩塊「旺炭」暗了。阿甲心裡酸酸的。

「對不起，爺爺只是想爲我換掛長命鎖。」

「長命鎖？長——命，哼，你們人只想自己長命，就不想想魚也要活命！所以我恨你們人，我掀翻你們的漁船，把你們一個一個拖下水，扒開你們的胸脯，看看你們的心是怎麼長的！」

昏光下，兩塊「炭」又燃旺起來。

「那你，你要我怎麼辦？」阿甲聽到自己的聲音在顫抖。

「我要用你換回我的小金鯰魚。明天，你爺爺會到這兒來找你的。」

四

晨曦微露，平靜的大海像往常一樣把自己寬廣的胸膛袒露在蒼茫的天空之下。

爺爺的「烏龍」鼓滿風帆飛馳而來。高高的桅檣上，綠長髮在迎風飛舞。爺爺屹立船頭，手執黑頭魚叉，白鬍子翹得老高老高。

「海底怪，快出來，出來！」爺爺亮開洪鐘似的嗓門高叫。

一股黑流從海下湧上。大海沸騰了，激浪排空而起，在「烏龍」前豎起一道透明的水牆，水牆高處正嵌著海底怪猙獰的紅臉。

「妖婆，快還我孫子！」爺爺的眼睛在冒火。

「是該清賬了。帶著我的小金鯰魚來換！」妖婆不相讓。

「好吧，你等著。」

爺爺下艙拎上小砂罐。

「你把符紙扯了，我怕！」

「哈，膽小鬼，早揭了。」爺爺把砂罐轉了轉，「我的阿甲在哪兒？」

「咕咚——」海底怪一頭扎進水中不見了。一會兒，水下開出一朵大浪花，浪花中央坐著阿甲。

爺爺揚手把砂罐拋向大海。

「孩子！」海底怪撲向砂罐。這時，一張巨大的麻絲漁網忽地凌空罩下，把阿甲、海底怪和砂罐統統網住了。

「哈哈哈！」是爺爺在大笑，「今天你算完了，看叉！」

爺爺揮臂，風馳電掣，鋒利的黑頭魚叉刺破漁網，直扎海底怪的心窩。

「啊——」一聲慘叫。不是海底怪，是爺爺在叫，因爲爺爺發現被扎的正是自己的孫子——當爺爺把魚叉扎向妖婆時，阿甲突然跟她抱在了一起。

風在低聲地嗚咽，大海不再翻騰。「阿甲！阿甲！」爺爺的呼喚聲久久地在海面回響。

王二麻子焰火鋪

范錫林

范錫林（一九五〇—），江蘇無錫人。一九八〇年代初開始兒童文學創作，著有童話《竈王爺和他的朋友們》、《芹菜鬍子小老頭》、《我有神功我怕誰》等。〈王二麻子焰火鋪〉發表於一九九八年。

白馬鎮是一個很有名氣很繁華的大集鎮。

白馬鎮之所以有名氣很繁華是因爲鎮上有一個王二麻子。

王二麻子是專門做焰火的，他開了一個「王二麻子焰火鋪」。他做的焰火實在是太棒了！

瞧，「轟」的一聲上天，是一條盤旋著的張牙舞爪的金龍；「啪」的一聲騰空，是一隻翩翩起舞的彩鳳；「嗞」的一聲，空中出現一個大花園，亭台樓閣俱全；「咚」的一聲，眼前有七個仙女輕歌曼舞。此外，還有「刷」一道金光射出，跳出一個活靈活現的孫悟空；可眼睛一眨，孫悟空又變成了腳踩風火輪的哪吒；再一眨眼，又變成了手托淨水瓶的觀音菩薩。還有，「嘩」一團銀花散開，裡面顯出一個遮天蔽日的大字「喜」；可一晃，又變成了三個字「全家福」；再一晃，可就變成了四個字「壽比南山」。有人數過，最多的一個，可以在空中變出三十六種花樣，足足有一個時辰呢！

像這樣的焰火，誰不喜歡？而且他又賣得便宜。特大號的，一百個銅錢買一個；大號的，十個銅錢買一個；小號的，一個銅錢買一個；就是那最小號的，一個銅錢買兩個。孩子們買了，拿在手裡，「嗞」，跳出隻小花貓，「嗞」，變出一朵牡丹花，也是很有趣的呀。

當然，他賣出的焰火，絕對沒有點不響的，就是放在雨裡淋三天三夜，沉到河裡浸三天三夜，拿出來，照常一點就響，一響就上天，一上天就有花樣，只是有水珠兒像下雨一樣淋在你頭上罷了。

正因爲如此，王二麻子焰火鋪的生意好極了，要辦慶典辦喜事的人們，從京城，從省城，從府城，從更遠更遠的地方，挑著擔，騎著馬，趕著車，搖著船來到白馬鎭，買上一筐、一擔，甚至裝上一車、一船的焰火回去。有了這王二麻子的焰火，那慶典喜事才像個慶典喜事！

遇到逢年過節，來白馬鎮買王二麻子焰火的更是擠滿了一條街，還得提前幾天預訂，才買得到呢！

這麼多人到白馬鎮來買王二麻子的焰火，當然得吃得喝得住，如果要等上幾天才買到，那麼就還得洗個澡理個髮看場戲。這麼一來，白馬鎮的酒樓、飯店、旅館、浴室、剃頭店、戲園子的生意就都紅紅火火，忙得熱熱乎乎的。

不過，生意最好的還是王二麻子的焰火鋪。

於是，有人就打主意了，既然焰火生意這麼好，我何不也來開爿焰火鋪呢？於是那些原先開飯店、開旅館、開浴室、開戲院的都改行開起焰火鋪來了，白馬鎮上一夜工夫就豎起了許多新招牌：「張三禿子焰火店」、「李四鬍子焰火鋪」、「趙大鼻子焰火莊」、「劉五疤眼焰火行」……

可是，到白馬鎮來買焰火的人好像壓根兒沒看到這些嶄新的塗金粉的大招牌，一個個目不斜視地依然直奔王二麻子焰火鋪，一擔擔、一筐筐地買了就走，沒一點商量沒一點猶豫的。氣得張三禿子冒汗，李四鬍子直翹，趙大鼻子發紅，劉五疤眼直眨巴。

怎麼辦？有辦法！

瞧，第二天再到白馬鎮上，那些招牌就全變了，變成了「正宗王二麻子焰火鋪」、「老牌王二麻子焰火鋪」、「眞正王二麻子焰火鋪」、「秘傳王二麻子焰火鋪」，此外還有「眞正老牌」、「正宗秘傳」等等，等等等。反正一句話，全都成了「王二麻子焰火鋪」啦！

這一下可把那些來買焰火的人搞胡塗了，東撞一頭西撞一頭，抬頭看去，都是「王二麻子焰火鋪」，沒辦法，只好憑著感覺走，走到哪一家就買哪一家的。還有的，就看那招牌，哪一家招牌最大最漂亮的，就去買哪一家。還有的，就聽那吆喝，哪一家吆喝得最響亮最帶勁，就去買哪一家的。

買回去後，男男女女老老少少都仰著脖兒瞪著眼望著、等著，可是「嗞——」的一聲，哇，上去了，「嘭」的一響，一團白煙中夾幾點兒火星星，就像受潮的木柴燒著後煙囪裡冒出的煙差不多，沒了。還有更糟的呢。「嗞嗞」地響著響著，就不響了，就熄了，壓根是個啞巴，是個瞎火，上不了天。氣得大家一個個跺著腳罵。罵誰？當然是罵王二麻子！

而王二麻子家呢，原來來不及做的焰火，現在都賣不出去了，人家都去別的店買了。因爲誰知道到底哪個是眞，哪個是假的呢？

王二麻子想呀想，終於想出了一個辦法，他將自己做的焰火放到鋪子門口，點著了一個，「嘭」，飛上天了，是個八仙過海。再過一會，

再點一個，「咚」飛上天了，是個蓬萊仙景，這一下，大家都看得淸淸楚楚的了，誰是眞正的「王二麻子焰火鋪」，誰家有眞正的好焰火，「嘩」的一下，都擁到王二麻子家來買了。王二麻子家的好焰火又一搶而空了。

然而，當第二天一大早，王二麻子又將自己家剛做出的焰火擺到鋪子門口，正準備像昨天一樣，先放幾個讓大家看看時，還沒等他點著頭一個，卻聽得「咚」的一聲響，天空中已經出現了一個十分精彩的「八仙過海」，那是東面的「眞正王二麻子焰火鋪」放出來的。接著又是「轟」的一聲響，天空中又出現了一個五彩繽紛的「蓬萊仙景」，這是西面的「老牌王二麻子焰火鋪」放的。然後，「正宗王二麻子鋪」、「秘傳王二麻子鋪」及其他「眞正老牌」、「正宗秘傳」都爭先恐後，一個接一個地放出了叫人看得眼花繚亂、絕對不摻假的上乘焰火來。

來白馬鎮買焰火的人們相信這一回不會弄錯了，都紛紛擁到這些鋪子裡去，一擔擔、一筐筐，高高興興、心滿意足地買了就走。

這可把王二麻子看得目瞪口呆，驚愕得一句話也說不出來，這到底是怎麼一回事？仔細一想，這其實很簡單，昨天這些傢伙趁亂也都到王二麻子的鋪子裡買了一批焰火回去，今天一大早便將這些真正的王二麻子焰火放出來做個樣子，招徠顧客。而賣給顧客們的呢，則是他們自己做的那些假的、劣的、點不著的、飛不上天的焰火。

這可是太不像話了！

王二麻子想了又想，最後，終於咬咬牙，下決心要做一件事。

他辦了一桌很豐盛的酒宴，把那些張三禿子、李四鬍子、趙大鼻子、劉五疤眼，還有其他開「王二麻子焰火鋪」的人統統都請來了。

這些傢伙開始心裡都有些怵，以爲王二麻子這一回是要跟他們算帳，弄不好，就怕要跟他們拚命呢，所以人雖然來了，可腳底下都憋著勁，隨時準備哧溜一下逃得快快的、遠遠的。

可是沒想到，酒過三巡，王二麻子卻站起來說了這樣一番話：「諸位，我今天請大家來，是想將我王二麻子祖上秘傳下來的做王二麻子焰火的配方和製作方法毫無保留地告訴大家。」

「啊，這是爲什麼？」衆人面面相覷，感到不可思議。

「爲的是讓大家都能做出眞正的王二麻子焰火，讓買王二麻子焰火的人買得放心，用得開心！」說到做到，王二麻子當眞將祖傳的秘方爽爽快快、一五一十地公布於衆，而且十分耐心地一遍一遍將製作方法親自表演給大家看，直到每個人都老老實實地說「我懂了，我會了，我記住了」才肯罷休，才放大家回去。

滿以爲這樣一來應該是萬事大吉了，白馬鎮上每一家焰火鋪都可以拿出最好最精彩的眞正王二麻子焰火來賣給人們了。

然而，你想錯了！

從白馬鎭上買回去的焰火仍然是點不著、飛不上天、冒一團白煙就拉倒的那些叫人氣破肚子的糟糕焰火！於是，人們罵呀，罵得恨恨的，毒毒的，當然，還是罵王二厤子。

王二厤子感到百思不得其解，這到底是怎麼回事？他就去找那些個張三禿子、李四鬍子、趙大鼻子、劉五疤眼們：「我不是已經將正宗祖傳的配方和製作方法都告訴你們了嗎？你們怎麼還在賣那些坑人騙人的破爛貨？」

那幾位支吾了一會，嘻皮笑臉地說：「乾脆直說了吧，你那配方好是好，可是那些原料太貴。要是照你那配方去配料，花的成本太高，賺頭太少，划不來！」

「還有你那製作方法，太講究太費事，沒有我們的那一套來得方便、省力！」

原來如此！

當天夜裡，王二麻子含著眼淚，帶著全家老少悄悄地離開了白馬鎮，到了很遠很遠的地方去了。

白馬鎮上的那些賣假貨的焰火店，不久也就一爿一爿地倒閉了。誰那麼傻，上了一回當，受了兩遭騙，第三回還來？連走路都寧願繞個彎，不進白馬鎮了。

於是，那麼繁華那麼有名氣的白馬鎮很快就蕭條了，敗落了。最後，竟然成了一片廢墟。

紙人國

朱效文

朱效文（一九五一——），上海人。一九八三年開始兒童文學創作，著有童話《冰雪摩天大樓》、《與吹牛大王比吹牛》、《白鯨號夢舟》等。〈紙人國〉發表於一九八〇年代。

在南方，很遠很遠的大海上，有一座銀白色的島。那兒，地上鋪著厚厚的雪，河裡結著厚厚的冰，高山是冰塊堆成的，大樹是冰柱長成的。更有趣的是，島上住著好多好多人，全都是紙做的。黃人村住著黃紙人，白人村住著白紙人，還有黑人村，紅人村，組成了一個彩色的紙人國。紙人國沒有國王，也沒有警察，大夥兒親親熱熱，過著和平自由的生活。

不知哪一年哪一月哪一天，紙人國新建了一個藍人村，來了一群藍紙人。可這有什麼好奇怪的？既然可以有黃紙人，白紙人，黑紙人，紅紙人，爲啥不能有藍紙人？都是一樣的紙人嘛！

一天，太陽像一隻燈籠，斜斜地掛在半空。大地在陽光下閃著銀輝。廣場上，聳立著一棵巨大的冰樹；遠遠看去，好像一把巨大的冰傘。

黃人村的小孩黃黃跑到冰樹下來了。她從口袋裡掏出一張彩色的紙，這樣折一下，那樣折一下，嗬！折成了一隻綠背脊、黃身體的畫眉鳥。畫眉鳥才折好就活了，「嗖」的一下飛起來，從黃黃的手上飛到頭上，又飛到冰樹上，還唱著歡快的歌。

白人村的小孩白白跑到冰樹下來了。他折了一隻銀白色的海鷗，只有嘴巴是紅的。

黑人村的小孩黑黑和紅人村的小孩紅紅也跑到冰樹下來了。他們折了一隻金絲燕和一隻鸚哥鳥。

小鳥在冰樹上唱歌，冰樹上像結著彩色的果子。小紙人在冰樹下跳舞，冰樹下像開著彩色的鮮花。

忽然，藍人村的小孩藍藍跑到冰樹下來了。「我來啦！」他大聲喊，「來跟你們一塊玩，好嗎？」

「來吧，來吧，是紙人都來玩吧……」黃黃唱起了〈小紙人歌〉。

「來吧，來吧，這裡是彩色的紙人國，小紙人的家……」小紙人們一起唱。

藍藍望著樹上的小鳥，搔搔頭皮，擠擠眼睛，也從口袋裡掏出一張紙來，這麼一折，那麼一折，折成了一隻藍色的大怪鳥，脖子又細又長，腦袋小得快找不到了，身子底下只有一隻尖爪子。

怪鳥「呼隆」一下飛上冰樹，伸長脖子，向小鳥撲去。「嘰嘰——」小鳥們嚇得趕快逃跑。

小鳥逃，怪鳥追；小鳥逃得急，怪鳥追得凶。小紙人們覺得有趣，又歡笑又拍手。

怪鳥追上了小鳥，「噗噗，噗噗！」不好啦！畫眉鳥的翅膀被怪鳥啄了個洞，金絲燕的尾巴也被抓破啦！

黃黃、白白不笑了，黑黑、紅紅不拍手了。他們一起喊：「怪鳥，怪鳥，別追小鳥；怪鳥，怪鳥，別咬小鳥！」

可是藍藍還在拍手，還在笑。

小鳥被怪鳥追急了，惹火了，猛地回過頭，一起向怪鳥撲去。怪鳥招架不住，「嗚嗚嗚」，怪叫了幾聲，掉頭逃跑。

怪鳥逃，小鳥追。怪鳥逃到藍藍身邊，小鳥圍著藍藍「嘰嘰」叫。藍藍捧著怪鳥，背過身去，這麼一折，那麼一折，嘿，怪鳥變成了一支藍色的獵槍！長脖子變成了槍筒，小腦袋當了準星，獨爪子就成了扳機。「砰！砰！」……藍藍開槍了。小鳥的身上冒起了青煙，一隻隻摔到雪地上，不能動了。

「我的鳥！」黃黃、白白、黑黑和紅紅一起撲到雪地上，捧起被子彈打壞的小鳥。

「藍藍、是……是你開的槍，你……你賠我們小鳥！」黃黃淚汪汪地說。

「對對，賠賠！」白白、黑黑和紅紅一起說。

藍藍背過身去，悄悄折了幾下。

「我可沒開槍！」藍藍大聲嚷，「你們瞧，我哪兒有槍？」

大夥兒睜眼一瞧，對呀，藍藍手中沒有槍，只有那隻大怪鳥！

「這……是我剛才看花眼了？」黃黃撓起了頭皮。

藍藍把怪鳥放在肩頭上，扮著鬼臉，樂呵呵地回家去了。黃黃還在冰樹下，想啊，想，想……。

過了幾天，黃黃、白白、黑黑和紅紅又跑到冰樹下來了，每人手裡提著一盞燈籠。有的是大宮燈，圓圓的，像隻大柿子；有的是走馬燈，四圈畫著小人，還畫著蘋果、橘子和香蕉。每隻燈籠肚子裡，都點著一枝明晃晃的蠟燭。

小紙人把燈籠掛在冰樹上，冰樹上又結滿了彩色的果子；小紙人圍著冰樹跳舞，冰樹下又開滿了彩色的鮮花。

藍藍又跑到冰樹下來了。黃黃、白白、黑黑和紅紅趕快躲到冰樹後面，藏起來。

藍藍搔搔頭皮，擠擠眼睛；然後掏出紙來，折呀折，折呀折，可是怎麼也折不成個燈籠。藍藍噘噘嘴，跺跺腳，又折了一隻大怪鳥。

大怪鳥搧搧翅膀，「呼隆」一下飛上冰樹，去吃走馬燈上畫著的水果。「噗噗，噗噗！」走馬燈被啄破啦！怪鳥的尖嘴巴一下伸進燈籠肚子裡去，碰到了燃燒著的蠟燭火。呀，怪鳥的嘴上冒起了青煙！疼得牠「嗚嗚嗚」怪叫著，逃回藍藍身邊來。

藍藍氣急了，東張張，西望望，見四周沒人，就把怪鳥給拆了，又折了一架梯子和一根棍子。

藍藍爬上梯子，舉起棍子，「呼啦啦」，幾下子，把燈籠打得稀巴爛！燈籠紙燃上了蠟燭火，「呼呼」地燒起來。

藍藍剛想笑呢，那旺旺的火燒化了冰樹枝，「滴滴答答」，掉下好多水來。水掉在梯子上，梯子變軟了，這邊搖搖，那邊晃晃，差點兒把藍藍摔下地來。水掉在藍藍腿上，藍藍的腿變軟了，這邊搖搖，那邊晃晃。「撲通！」藍藍從梯子上摔下來，掉在溼漉漉的地上。藍藍的身子全浸溼啦，渾身軟綿綿的，怎麼也爬不起來。

「嗚嗚……我要死啦！救命呀！」藍藍邊哭邊喊。

「不救，不救，藍藍真壞；不救，不救，藍藍活該！……」白白、黑黑和紅紅從冰樹後面跑出來，一起喊。

「救救藍藍，藍藍會改；救救藍藍，藍藍會變好紙孩！」黃黃說著，把大夥兒拉到藍藍跟前。

黃黃、白白、黑黑和紅紅一起動手，把燈籠全放到地上；抬起藍藍放在燈籠上面烤。

烤呀烤，烤呀烤，蠟燭火烤乾了藍藍身上的水。軟綿綿的藍藍又變硬了。

「我又活啦！」藍藍一骨碌爬起來，笑著說，「還讓我跟你們一塊兒玩吧。我再不開槍了，再不打燈籠了！」

「來吧，來吧，是紙人都來玩吧！來吧，來吧，這兒是和平的紙人國，相親相愛地生活！……」大夥兒又唱起了〈小紙人歌〉，還把一盞美麗的大宮燈送給了藍藍。

晚上，藍藍回到家，看見後院裡站著幾頭大象和長頸鹿。他爸爸也擠在裡頭。藍藍剛要喊「爸爸」，忽然，他看見爸爸在大象身上這麼一折，那麼一折，喲，大象變成了一輛坦克，長鼻子成了大炮，兩邊的腿連起來，成了長長的輪子。藍爸爸又在長頸鹿身上折了幾下，不得了，長頸鹿變成了一門高射炮！藍藍看呆了。藍爸爸把坦克和高射炮又折成大象和長頸鹿，高高興興鎖上院門，出去玩了。

藍藍偷偷地從窗口爬進院子，學著爸爸的樣子，這樣一折，那樣一折。哈哈，大象和長頸鹿不見了，眼前只有坦克和高射炮。真棒啊！藍藍喜歡得這兒碰碰，那兒摸摸，一不小心，碰著了高射炮的開關。「轟隆！」一顆炮彈飛上天去了！藍藍嚇得趕快把坦克和高射炮又折成大象和長頸鹿，然後從窗口跳回屋子，鑽到牆角下躲起來。

半小時後，那顆炮彈又從天上掉了回來，剛好落在藍藍家門前，「轟隆」一聲爆炸了！把地上的雪花炸起好幾丈高。藍爸爸剛好回家來，被雪花給埋住了。他拼命從雪堆裡鑽出來，慌慌張張跑進後院一瞧，咦？大象和長頸鹿都好好的。這炮彈從哪兒打來的？藍爸爸眞有點糊塗了。藍藍躲在牆角裡「撲嗤嗤」地笑。

冰雪節到了。那天，紙人們都來到冰樹下的廣場上。他們帶來了畫眉鳥、海鷗、金絲燕和鸚哥，還帶來了大熊貓、斑馬、犀牛和企鵝。他們在冰樹下唱歌、跳舞，開起了盛大的聯歡會。

藍爸爸帶著藍紙人也來了，還帶來了長頸鹿和大象。

藍藍一到這兒，就去找黃黃、白白、黑黑和紅紅一塊兒玩。大家玩得正高興呢，突然，有人在用大喇叭高聲講話。藍藍一聽，咦？那是爸爸！

藍爸爸站在一個大雪堆上，嘰哩呱啦地說話：「紙人國的公民們，從今天起，我就是紙人國的國王！你們都要聽我的話。我讓你們幹什麼，你們就幹什麼；我不讓你們幹什麼，你們就不能幹什麼！……」

「不要，不要，我們不要國王！……」大夥兒聽了一齊嚷。

藍爸爸一瞪眼，向伙伴們吹了聲口哨。藍紙人們立刻動手，把大象和長頸鹿都折成了坦克和高射炮。

藍爸爸又嘰哩呱啦說起來：「誰敢不要國王，誰敢不聽話，就請他嘗嘗我的大炸彈！……」

「嗚嗚……壞蛋！」「嗚嗚……強盜！」黃黃、白白、黑黑和紅紅嚇壞了，一邊哭，一邊罵。

「你們別哭，別害怕，看我的吧！」藍藍說完撒腿就跑。

藍藍跑到坦克旁，趁別人沒看見，這樣一折，那樣一折，哈，坦克車又變成了大象。藍藍又跑到高射炮前，一眨眼，高射炮又變成了長頸鹿。藍藍在象屁股上踢一腳，在長頸鹿的後腿上拍一巴掌，嗬，大象和長頸鹿都跑起來啦！

「不好嘍，快抓住牠們！」藍爸爸一聲喊，藍紙人都去追趕。藍藍鑽在人堆裡，悄悄地，把所有的坦克和高射炮，都折成了大象和長頸鹿，趕得牠們滿場跑！

藍爸爸好容易抓住了一條長頸鹿的尾巴。長頸鹿生氣地說：「不嘛，我愛做長頸鹿，不做高射炮！」說完，甩開了藍爸爸的手，又跑了。

藍紙人抓不住長頸鹿和大象，廣場上的紙人們樂得哈哈大笑。藍爸爸差點氣昏了。他命令藍紙人排成一溜長隊，走到第一個人跟前，這麼一折，那麼一折；不好了，藍爸爸把藍紙人折成了一挺重機關槍！第二個，第三個……藍爸爸折了一個又一個，一個個藍紙人都變成了一挺挺藍色的重機槍。

「誰敢不要國王，誰敢不聽話，就吃我一顆子彈！」藍爸爸一邊折，一邊喊。

藍藍躲在一旁，嚇呆了。四周傳來小紙人「嗚嗚」的哭聲。他搔搔腦袋，皺皺眉頭，好，有辦法了！他悄悄溜到隊伍前頭，這麼一下，那麼一下，把重機槍給拆了！再折個藍紙人嗎？不行，藍紙人都聽藍爸爸的，還會被他折成機槍的。藍藍這樣一折，那樣一折，折了一隻藍色的大鴿子；用力一甩，鴿子飛上藍天去了！

藍爸爸在前邊折，藍藍在後邊拆；藍爸爸折一挺重機槍，藍藍折一隻和平鴿。藍爸爸折完了，喘上幾口氣，回頭一看，糟了，最後一挺機槍也變成藍鴿子，飛跑了！眼前只剩下藍藍一個藍紙人。藍爸爸氣得發瘋了，一把抓住藍藍。

「我要把你也折成機槍，我要做國王！」藍爸爸狂叫著，動手要折。黃黃、白白、黑黑和紅紅急忙跑來，從藍爸爸手裡搶過藍藍，齊聲說：「壞蛋，壞蛋不許欺侮藍藍！」

藍爸爸張牙舞爪向小紙人撲去。紙人國的大人們都已經圍上來，抓住了他。大夥兒七手八腳，把藍爸爸也折成了一隻藍鴿子，放上了藍天。

只剩下藍藍一個藍紙人了。藍藍對小伙伴們說：「你們也把我折成鴿子，讓我也飛上天去吧！」

「不，這兒多好呀，讓我們生活在一起吧！」黃黃搶著說。大夥兒把藍藍圍在中間，齊聲唱：「來吧，來吧，這裡是團結友愛的紙人國，小紙人的家……」

鳥石

高洪波

高洪波（一九五一——），內蒙古人。一九七九年開始發表作品，著有《大象法官》、《吃石頭的鱷魚》、《飛龍與神鴿》等。

小姑娘丫丫有個好朋友，叫晶晶，丫丫和晶晶就是我們這個故事裡的主人公。什麼叫主人公？主人公就是主角。什麼叫主角？這，我也說不清楚，反正是那種很重要很重要的人，比如一堂課開始的時候，誰最重要？老師唄。

在丫丫和晶晶心目中，現在頂重要的事是尋找鳥石。當然，我說的是她們放學之後，而不是在課堂上。課堂上該做什麼，她們很明白。不過丫丫和晶晶剛剛上學五天，「一、二、三、四、五」，或者舉起一隻手，就這麼多天。讀了五天書的小姑娘很了不起，至少丫丫和晶晶這麼認爲。

下面我們要說到鳥石了。

鳥石是一種很奇妙、很神秘的石頭，據說是小鳥們比賽唱歌時，輪流站在上面的那種幸運石頭，用人類的話說是「舞台」。它們很少見，但是一旦找到鳥石，你就等於找到了一群會唱歌的鳥兒，石頭會爲你唱出一支又一支歡樂的歌。丫丫和晶晶看過電視裡的歌手大賽，她們想像鳥兒們的比賽可能比歌手大賽更熱鬧、更精彩！因爲鳥兒們天生就是大自然的超一流歌手。

鳥石的故事是一位陌生的老爺爺告訴晶晶的。老爺爺告訴晶晶時，聲音很神秘，眼睛笑成兩朵菊花，晶晶當時正站在大院的廢墟旁跳繩，這是蓋大樓的工地，堆滿了沙土和卵石，還有一排排規規矩矩的紅磚，一袋袋胖墩墩的水泥。老爺爺說完就走了，他像一縷風吹過。只是從此之後，鳥石沉甸甸地壓在小姑娘晶晶心頭，她把秘密告訴給小伙伴丫丫之後，才感覺到一陣輕鬆，像大熱天喝冷飲。

看來保守秘密是一件很累人的事情。

現在世界上一共有三個人知道鳥石的秘密：晶晶、丫丫，還有那神秘的老爺爺。

ㄚㄚ和晶晶在一堆堆卵石中尋找鳥石，不知道的人會以爲兩個小姑娘在遊戲，她們拾起一塊石頭，又拾起一塊石頭，放在眼前看看，又拿到耳邊聽聽，神情嚴肅又認眞。尤其是晶晶，兩隻小手忙個不停，卵石一共有三堆，她在三堆石頭上蹦來蹦去，那模樣兒活像一隻鳥兒。

ㄚㄚ不像晶晶那麼忙亂，她挺有主意，只在最大的卵石堆上挖掘，因爲她看見過兩隻麻雀曾經吱吱喳喳地在這堆石頭上聊天，麻雀當然算不上歌唱家，但起碼牠們屬於鳥類，沒準這是兩隻有志氣的麻雀，在鳥石上練嗓子，準備在鳥兒賽歌會上一鳴驚人呢！

ㄚㄚ先找到一塊拳頭大的石頭，這石頭很沉，也很光滑，上面有樹枝狀的花紋，樹枝和鳥的關係，ㄚㄚ早在三歲時就弄明白了，所以她覺得這塊石頭有來頭，撿起來放在一邊；她又發現一塊乒乓球大小的石頭，有兩個圓圓的眼睛，那模樣活脫像是一隻畫眉，而且是隻唱得起勁的畫眉，ㄚㄚ覺得這塊圓石頭更具備鳥石的資格，自然也撿了出來，不一會，她就擁有了一堆圓石頭。

晶晶也撿了幾塊石頭，她和ㄚㄚ的標準不一樣，ㄚㄚ挑鳥石的形狀，晶晶要聽鳥石的歌聲！怎麼聽？拿石頭和石頭磨擦。晶晶發現大石頭和小石頭磨擦，發出的「吱吱」聲像黃鶯；圓石頭和尖石頭摩擦，發出的「啾啾」聲像百靈；如果兩塊石頭都有斷面，用斷面摩擦出的聲音更豐富，有時聽起來像「咕咕」的鴿子，有時像是「加加」的喜鵲，聽到「加加」聲時，晶晶偷偷地樂了，她想起上課時老師教的「加法」，覺得花喜鵲的算術一定很棒！不過一直「加」上去，那數會數不清的。

ㄚㄚ和晶晶，各自找到了好多塊鳥石，她們小臉蛋上滴著汗，手也變成了黑黑的「熊掌」，像動物園裡喜歡敬禮的大狗熊一樣，興沖沖地

回家了。

至於在小姑娘丫丫和晶晶的石頭裡，究竟有沒有一塊眞正的鳥石？我沒有再去打聽。也許有，也許沒有。因爲小鳥們經常舉行音樂會，牠們站著唱過歌的石頭一定很多，沒準眞的讓她們碰上一塊呢！

後來，後來大高樓蓋起來了，院子裡的卵石們悄悄躲進了大高樓，成了高樓的一部分。居民們紛紛搬了進去，幾乎每家都在自己的門上裝上了一隻電子音樂門鈴，晶晶和丫丫突然發現：那美妙悅耳的電子門鈴聲裡，有小鳥們嘀哩哩的叫聲，歡樂、明快，讓人一聽就想起森林和樹枝，想起嘩啦啦唱歌的小河，她們倆才知道，鳥石是有的，眞的是這樣！只不過它被建築工人叔叔們砌進了這幢漂亮的大高樓裡，而且還不只一塊。不信你聽一家家門口那悅耳的音樂門鈴，不正是鳥石在指揮它們唱歌嗎？

丫丫和晶晶也搬進了樓裡，她們有時坐在十八層的陽台上眺望藍天，覺得遠處的樓群眞多眞美，她倆不約而同地想起了那位知道鳥石秘密的老爺爺。

每一座大樓裡，都會有一塊會唱歌的鳥石吧？丫丫和晶晶念叨著，突然，身邊又響起了一陣鳥鳴，她們跳起身，去迎接下班回來的媽媽了。

小朋友，鳥石的故事講完了，如果你喜歡這篇童話，我相信你一定希望擁有一塊鳥石，那麼就請你到外面走走，注意一下你從來不曾留意過的小石頭，如果碰巧你找到兩塊，不妨把它們貼在耳邊磨擦一下，我相信它們一定不會讓你失望，告訴你：這就是鳥石，肯定是，沒錯，我敢保證！

沙灘上有一行溫暖的詩

班馬

班馬（一九五一──），原名班會文，安徽巢湖人。一九七六年開始兒童文學創作，著有長篇童話《綠人》、詩集《黃昏號角》、長篇兒童小說《六年級大逃亡》等。〈沙灘上有一行溫暖的詩〉發表於一九八〇年代。

招潮蟹的小洞口，

望出去——

橫著一抹藍海，飄出半朵白雲。

好靜。

小蟹卻精靈一樣地蹲在洞裡，傾聽。傾聽什麼，只有這小蟹知道。

果然，大海漲潮了，只那麼嗡地一聲，小洞灌滿了澄綠的水。

小蟹伏著，喝鹹味的湯，

而海潮正蓋過牠的頭頂，向沙灘爬去，

爬去。

小蟹知道，潮水爬去，爬去，又抹平了沙灘上一行牠看不懂的文字。那是一個小女孩寫的，輕輕的，用她的手指。

小蟹老在想，那些牠看不懂的文字。

突然，洞口破了——

露出了黑夜和星星。退潮的大海，甩下一片像鏡子一樣平的沙灘，

小蟹飛快地爬去找，像鏡子一樣的沙灘上，那一行字，又沒了。

悲哀的小蟹，惦念那個小女孩：

小女孩，你不懂漲潮的秘密，有三個下午，我都望到你呆呆看大海，大海三次抹去了你的名字，你多傷心。

小蟹也傷心了，因爲第四天下午，那小女孩又來了，又用她的手指，又寫下了字，又呆望著大海，又走了。

遙遠的沙灘是一條線……

小蟹望著小女孩，哭了。

牠趕緊爬上沙灘，找到那一行字，先在第一個字裡爬上一遍，然後跑向沙灘的高處，用牠的單鉗把那個字劃在沙上，又急急忙忙去搬第二

個字，第三個字……

小蟹搬了十個字。

十個牠不懂的字。

可小蟹懂，潮水爬不到的地方。

第五天下午，沙灘上站著一個驚奇的小女孩，望著她的字，望著大海。

遙遠的海潮是一條線……

小女孩望著湧起的潮水，在念，

念這一遍遍寫下的字——

「要漲潮了，小蟹快回家吧。」

小老鼠十八和他的心中偶像

莊大偉

莊大偉（一九五一——），上海人。一九七四年開始兒童文學創作，著有童話《莊大偉童話精選》、《藍鬍子海獅》、《大阿大阿二和他們的寵物》等。〈小老鼠十八和他的心中偶像〉發表於一九九九年。

一

和其他老鼠一樣，小老鼠十八也是個「追星族」，也有他心中的偶像。別看這小子耷著小耳朵，拖著短尾巴，一副賊頭賊腦的樣子，可他的「追星」目標，卻是黑皮象老大。

黑皮象老大，何許人也？說出來，嚇你一大跳！

他，是老鼠家族的頂頭上司（貓家族）的頂頭上司（狗家族）的頂頭上司（狼家族）的頂頭上司（豹家族）的頂頭上司（虎家族）的頂頭上司（獅家族）的頂頭上司（象家族）裡面的龍頭老大。

乖乖！大不大?!

小老鼠十八「追」黑皮象老大的秘密，是他一不留神，在做夢時說漏嘴的。

這個情報，老鼠十七最先得到（他和小老鼠十八合用一個枕頭睡覺）。他立刻報告老鼠十六。老鼠十六又報告……。老鼠們逐級向上報告。一轉眼功夫，這情報就到了鼠老大那裡。

鼠老大氣呼呼地找到小老鼠十八，拽住他的小耳朵，一把拎起來，咬牙切齒地吆喝道：「你，什麼狗屁玩意兒?!還配去『追』黑皮象老大?!你不知道人家是動物王國裡的『大哥大』!你算什麼東西?!垃圾!渣滓!」

小老鼠十八嘴裡不說，心中卻在嘀咕：「我就是要『追』動物王國裡的『大哥大』!就是要『追』黑皮象老大!你，算是什麼狗屁東西?!沒志向!沒出息!你才是垃圾!你才是老鼠窩裡的渣滓!」

鼠老大見小老鼠十八一聲不吭，便朝他狠狠踹了一腳：「滾！」

二

小老鼠十八連滾帶爬地走了。

他決定要去拜見他心中的偶像。

他翻過了十七座山，淌過了十八條河，才遠遠地望見白色的象宮屋頂上，那面飄揚著的小彩旗。

他興沖沖地朝著小彩旗方向大步跑去。

近了，近了。呀！象宮周圍，圍滿了各界動物。粗一看，這裡除了獅、虎、豹、狼、狗、貓之外，還有什麼長頸鹿、金絲猴、大河馬、小熊貓……

小老鼠十八一打聽，原來今兒黑皮象老大要在象宮的陽台上，發表一部〈動物王國各界人士應該相親相愛〉的演說。演說結束，還有盛大招待宴會。難怪王國裡的臣民們都聞訊而來，傾巢而動。

小老鼠十八可一點點也沒有趕來吃「白食」的想法，（一隻小老鼠，又能吃多少？）他是眞心誠意地來拜見黑皮象老大的。要是有機會能跟這位「大人物」說上一句「I love you」，他便心滿意足了。

此刻，象宮門前圍得水泄不通。小老鼠十八根本就擠不進去。他拼命地踮起腳尖，伸長脖子，可只能看到一隻貓屁股；貓也只能看到狗的屁股；狗只能看到狼的屁股……。只有長頸鹿，得天獨厚，他能看到陽台上黑皮象老大的全貌。

噯，有辦法了。突然，小老鼠十八靈機一動，他順著長頸鹿的腳往上攀。

長頸鹿抖抖腳：「幹嘛啦？」

小老鼠十八摔倒在地，「嗚嗚」地哭了起來，嘴裡還一個勁地嘀嘀咕咕。

長頸鹿知道他在嘀咕些什麼。

長頸鹿彎下脖子，對他說：「別哭了，上來吧！」

小老鼠十八立刻破涕爲笑。他「哧溜」一下，飛快地爬上長頸鹿的頭頂。長頸鹿的脖子，像大吊車似的豎了起來。

啊！這下，小老鼠十八能清清楚楚地看到他心中的偶像——黑皮象老大了。只見象老大像披著一身華貴的黑絲綢，油光烏亮。他的嗓門，像銅鐘般渾厚（雖然小老鼠十八沒有去注意聽他究竟在說些什麼）。象老大的那條驕傲的長鼻子，不時地高高舉起，又放下。再高高地舉起，再放下。突然，長鼻子在半空中不動了。緊接著，只聽「啊啾」一聲巨響。黑皮象老大打了個大噴嚏。

象宮前一片混亂。小老鼠十八被象老大的這個重磅大噴嚏，給震了個倒栽蔥，從長頸鹿腦袋上掉下來，直摔在地上，半天起不來。

小老鼠十八聽到黑皮象老大在向大夥兒打招呼：「對不起！實在是對不起！」話音還沒落地，象老大又是一個噴嚏，「啊啾！」

象宮前更加混亂了。

「對不起！對不起……」

象老大一個勁地說「對不起」，小老鼠十八心裡別提多難受了。一個堂堂的動物王國的首腦人物，爲了兩個噴嚏，竟向老百姓連連道歉，成何體統？其實，要治打噴嚏，也很容易。只要用一點點綠胡椒粉（不能用白胡椒粉，也不能用黑胡椒粉），抹在鼻孔裡，保準不會再打噴嚏了這辦法，小老鼠十八試過好幾回，很靈的。

於是，他伸長了脖子，大聲喊叫起來：「黑——皮——象——老——大——……」

可惜他的聲音，像一根繡花針，掉進了大海裡。

三

晚上，小老鼠十八翻來覆去，怎麼也睡不著。有什麼辦法把他的治打噴嚏的方法，告訴給黑皮象老大呢？

他推醒了睡在身邊的老鼠十七，說：「……」，老鼠十七捂上了耳朵，不聽；

他推醒了睡在老鼠十七身邊的老鼠十六，說：「……」，老鼠十六翻了個身，把屁股對著他；

他推醒了睡在老鼠十六身邊的老鼠十五，說：「……」

……

當他推醒了鼠老大，還沒等他開口，就被鼠老大一把拎起，扔到窗戶外的大街上。

小老鼠十八揉著被摔痛的屁股，在街上一瘸一拐地走著。大街上，燈火輝煌。沿街開著的點心店、麻將房、歌舞廳，小老鼠十八連看都沒看。突然，他眼前一亮。在十字路口，有家電腦屋！

他樂了，嘴裡一邊嘀咕著，一邊朝電腦屋跑去。

他快步奔進電腦屋，一屁股坐在一台電腦前。

開機。上網。輸入「黑皮象老大」一串字符。然後，點擊「檢索」鍵。一眨眼，黑皮象老大的E－MAIL（電子信箱）地址便找到了。

小老鼠十八馬不停蹄，立刻給象老大發出一封E－MAIL。他用最簡練的語言，把治療打噴嚏的方法，說了一遍。結束時，還沒忘記添上一句「I love you」。

發出了E－MAIL，小老鼠十八心滿意足地喝著咖啡。

沒喝完半杯咖啡，他就收到黑皮象老大發回來的E－MAIL。「謝謝您的指教。您的方法，將會解除我長久的煩惱與尷尬。再一次地感謝您！歡迎您來象宮作客。」

小老鼠十八得意洋洋地翹起了二郎腿。一種與「大人物」平起平坐的美好感覺，頓時在他心田升騰。

他沒有去象宮，卻經常光顧那座小小的電腦屋……

一歲的小黃雀和一百歲的老松樹

陸弘

陸弘（一九五一—），上海人。一九八〇年就開始發表兒童文學作品，著有《紅房子》、《鱷魚今天放假》等。〈一歲的小黃雀和一百歲的老松樹〉發表於一九九八年。

一歲的小黃雀在一百歲的老松樹上安了家。每天早上，暖暖的陽光照在老松樹上，小黃雀問：「老松樹，你覺得太陽光亮嗎？」

「太陽光亮亮的，照在身上很暖和！」老松樹說。

「啊，多麼美妙的一天！」小黃雀拍拍翅膀說，「我去吃早餐，然後回來給你唱歌。」

小黃雀輕輕吻了一下老松樹，飛走了。

一會兒，小黃雀吃飽了回來，他唱了一首又一首婉約動聽的歌，老松樹拍拍枝葉說：「唱得好，唱得好！」

一歲的小黃雀和一百歲的老松樹每天過著開開心心的日子，可是好日子爲啥不能長久呢？

一天，小黃雀看見老松樹唉聲嘆氣，還不停地顫抖著身子，小黃雀問：「老松樹，你哪兒不舒服？生病了嗎？我去給你請醫生。」

「不，我沒生病。」老松樹說，「你看看面前，轟轟轟開來了推土機；哐哐哐開來了大吊車，人們開始修馬路、蓋高樓，本來很平靜的田野開始熱鬧起來了！唉，照理說這也是好事，可我總感到有點不習慣。瞧，剛剛建造起來的立交橋上，汽車嘀嘀吧吧叫個不停，就像在我頭上開來開去。再看看我的身上總是灰濛濛的，沒以前那麼乾淨了。怎麼辦呢？」

小黃雀聽了老松樹的話，說：「對，我也害怕以後飛來飛去尋找食物吃，工廠裡冒出的烟會染黑我的外衣，我才不想變成烏鴉的模樣呢！」

第一天，小黃雀和老松樹談了很久很久的話。

第二天，又是一個晴好的日子，老松樹的周圍已經熱鬧起來了，工人們幹得熱火朝天呢。小黃雀拍拍翅膀飛走了，他要飛到哪兒去呢？他飛到城建局長那兒去了。城建局長正在辦公室裡，他看見小黃雀停在窗外的陽台上，輕輕地走上去說：「呀，是小黃雀！」

「你是城建局長對嗎?我和老松樹遇到了一件麻煩的事，想請你幫幫忙！」小黃雀說。

「儘管說吧，別客氣！」城建局長請小黃雀到他的辦公室裡去講。

小黃雀說：「現在我和老松樹住的地方，工人們正在修建馬路、蓋起高樓，汽車喇叭整天在我們周圍叫個不停，我們身上也不像以前那麼乾淨了。我要不是和老松樹是好朋友，早就飛到別處去了，我們想去鄉村田野裡，你能想個法子嗎？」

城建局長馬上從抽屜裡找出一張圖紙，找到了那個正在施工的地方說：「啊，那兒是有一棵一百歲的老松樹，我們是想把他搬個地方。又怕老松樹不樂意，所以沒敢動。現在好了，老松樹想搬個家，我一定安排，請你回去告訴老松樹吧。」

小黃雀告別了城建局長，飛到老松樹身邊高興地說：「我去了一趟城建局，局長答應幫我們搬個地方。」

老松樹一聽也樂了，可是他又擔心地說：「你瞧我這麼大的身子，他們能行嗎？」

「能行，能行，局長的法子可多了！」小黃雀說。

這天晚上，小黃雀和老松樹都睡得特別香。

當太陽剛剛露出笑臉的時候，老松樹周圍來了許多許多工人，他們揮舞著鐵鍬，一下、二下、三下……挖去老松樹周圍的泥土。

小黃雀馬上提醒大夥兒說：「喂，伙伴們，小心點，千萬別碰傷了老松樹！拜託！」

「好嘞！我們一定會小心的，我們小時候也在老松樹下做過遊戲呢！」工人們說。

「謝謝大夥兒幫忙，辛苦你們了！」老松樹感激地說。

哇，一輛大平板車開來了，小黃雀飛過去說：「瞧，多大的車子呀，有一百個車輪呢！正好，有一百個輪子的車子裝一百歲的老松樹！」

瞧，老松樹挖起來了，小黃雀指揮著大夥兒說：「大家小心，扶好樹幹，輕點，再輕點！」

忽然，「噗」的一下，小黃雀的窩掉到地上。「呀，我的窩可不能掉，我不想離開老松樹呢！」小黃雀說。

一個工人拾起鳥窩，小心地捧著跟在汽車後面。

大平板車載著老松樹來到山坡上，大夥兒又輕輕地把老松樹搬下車，讓他在早已挖好的大坑裡安了身。

小黃雀對老松樹說：「我們又可以像以前那樣快活了。」

「可不是嘛，城裡要建設、發展，咱們也算是做了一點貢獻呢！」老松樹說。

呀，城建局長也來了，他把一塊大木牌插在山坡上，上面寫著：一歲的小黃雀和一百歲的老松樹的新家。

美麗的晚霞照亮了整個山坡，小黃雀和老松樹懷著無比美好的心情進入了甜甜的夢鄉。

酒精雲

武玉桂

武玉桂（一九五二——），河北康保人。一九八〇年開始兒童文學創作，著有童話《武玉桂童話》、《怪帽子》、《蹦蹦高馬戲團》等。〈酒精雲〉發表於一九九八年。

科學家發現，一團含有酒精的雲彩，正從太空中向地球飄來。經過計算，天文台及時地向市民發出警告：明天早上，酒精雲將掠過本市上空……

第二天清晨，全城瀰漫在大霧中，空氣中的酒味越來越濃。

愛喝酒的人這天都起得格外早，他們站在自家的陽台上，一邊做深呼吸，一邊讚美這百年不遇的空氣。

二樓陽台上，一位老先生說：「聞聞這味兒，地道的『二鍋頭』！」

三樓陽台上的一位女士聽見了，立即反駁：「什麼『二鍋頭』，明明是XO嘛！」

究竟誰說的對？沒有人爲他們公證——此時此刻，城裡找不出一個閒人：喜歡喝酒的人都在抓緊時機，享受大自然的恩賜；不喜歡喝酒的人，都躲在家中緊閉門窗，甚至用濕毛巾捂住了嘴巴……

已經是上午九點多鐘了，大家還沒有散開，酒精雲仍然籠罩著城市。

吸入了過量的酒精，街上的人十有八九醉了，臉蛋兒都紅撲撲的。他們邊走邊驚奇地說：「咦，這馬路底下是不是安了彈簧？怎麼走上去深一腳淺一腳的？」

十字路口，紅燈綠燈還有黃燈全都亮著，爛醉如泥的警察趴在崗樓裡呼呼大睡。這天，所有的司機都開慢車，他們說，以往搶時間，超速度，緊張兮兮的，還不是爲了多掙幾個錢？今天，借著酒勁兒，咱也輕鬆一回。

「妹妹你坐船頭，哥哥我晃悠悠……」司機們哼著歌，把車開得像隻小船。奇怪的是，從早到晚，城裡沒有發生一起交通事故。

TAXI
TW-688

俗話說：酒後吐眞言。這天，許多說了一輩子假話的人「吐了眞言」。

一位多年來每次下棋輸給市長的小秘書，今天第一次把市長「殺得片甲不留」，而且他還當著大家的面，嘲笑市長是個「臭棋簍子」。

一群在上司面前從來都是唯唯諾諾的職員，今天卻用指頭點著經理的鼻子破口大罵：「你這個大胖頭魚！公司裡的效益不好，你們家的效益倒上去了……」

這位經理痛哭流涕，也和職員一起罵：「我這個大胖頭魚！苛扣大夥兒，把錢都撈到自己腰包裡了……我眞他媽的混蛋！」

酒精雲使城裡的人都醉了。醉了的人醜態百出：

一位百萬富翁提著一皮箱錢在街上踉踉蹌蹌地走著，他像散發傳單似的，遇見窮苦人就塞給人家幾張大票子：「給，拿去花吧，別客氣！」

這位看上去像慈善家的先生，其實是城裡著名的吝嗇鬼，爲了爭一分錢，他常常和人打得頭破血流呢！

還有一位「眼鏡」先生，今天在街上救了一位少女。當時，有兩名歹徒攔截了少女，正要搶她的金項鏈，緊急關頭，就聽一聲大喝：「住手！」隨著喊聲，「眼鏡」先生衝上去，「乒乓」兩拳，就把兩個歹徒打趴了……。

這位見義勇爲的「眼鏡」先生恰恰是城裡最膽小怕事的人。據說有一次，他和夫人乘公共汽車時，一個小偷把手伸進了「眼鏡夫人」的小口袋裡，「眼鏡」卻對小偷說：「我什麼也沒看見。」然後把臉扭到一邊去了。

酒精雲使城裡的人都醉了，醉了的人醉態百出……。

終於，酒精雲飄走了。

人們都從醉態中清醒過來，恢復了正常狀態：

那位小秘書和市長下棋，依然是每次必輸……。

那位百萬富翁，為了爭一分錢，還常常和人打得頭破血流……。

那位「眼鏡」先生，走路時總要繞開大樹，他怕樹葉掉下來會打破腦袋……。

司機們被紅燈綠燈管著，整天緊張兮兮地開著車，生怕出半點差錯……。

一位作家把城裡人醉酒的事收集起來，寫成文章，登在了報紙上，文章的題目叫做〈酒精雲〉。

讀了這篇文章，人們都說：「盡胡說八道，根本沒這事兒！」

神秘的眼睛

周基亭

周基亭（一九五二——），湖北黃岡人。一九七四年開始發表作品，著有童話《假面無悔》、《夢城奇遇記》。〈神秘的眼睛〉發表於一九九一年。

「噢!快來看!」

隨著考古學家老教授的一聲喊，他的三個助手一起圍了過去。

老教授的雙手托著一塊剛挖出來的化石。大概是過於激動的緣故，老教授的手在微微地顫動著。

化石上清晰可見一隻小鳥的形象，張著的鳥喙，展開的翅膀，連身上的根根羽毛都纖毫畢現。最令人驚奇的是化石上的小鳥眼睛，居然像活的一樣閃著光澤，彷彿只要吹一口氣，那眼睛就會眨動起來。

「不可思議!眞不可思議!太不可思議了!」

老教授連連晃動著他那滿頭白髮的腦袋，發出一連串驚嘆。在他幾十年的考古生涯中，這樣奇特的化石他還是第一次見到。

不用說，三個年輕的助手也是頭一回碰上這樣的新鮮事。他們大眼瞪小眼，目不轉睛地把這塊化石看了又看。他們當然知道，化石是幾千年、上萬年前留下的痕跡。這隻小鳥能留下這麼清晰的形象已經是極不容易了，怎麼牠的眼睛還會這樣栩栩如生呢？

「這裡面一定有一個神奇的故事，一定！」老教授自言自語地說著，輕輕把化石放在地上，然後在旁邊找了塊石頭坐下來。三個助手也挨著他坐了下來。他們在想，這是考古史上的一個奇蹟嗎？

秋日的太陽暖暖地照在這四個坐著的人身上，空曠的荒野上靜寂無聲。這是一陣驚喜之後的沉思。

「眼鏡、大嗓門、女博士——」老教授深邃的目光打量著他的三個助手，說：「你們能不能說說自己的想法，每人講一個關於這塊化石、這隻小鳥的故事？」

第一個助手說的故事

要編故事我可是個外行，因爲考古從來都講究嚴謹、講究依據的。你們別笑……既然每人都要說，我就先說一個吧，算是拋磚引玉。

那是很久很久以前，有一群鳥落到了一口枯井裡。他們是怎麼落進井裡的，誰也不知道。反正當他們發覺自己是在一口枯井裡時，全都傻了眼。因爲小鳥到了井裡，是無法飛出去的。井裡的空間太小，小鳥還來不及張開翅膀，就會撞在井壁上。落在井裡的小鳥們唧唧喳喳，亂成一團。有哭泣尖叫的，有唉聲嘆氣的，還有傻愣愣縮在一邊的。

這時候，有一隻個子比較大的鳥——我們就叫他大個子鳥吧，他招呼大家安靜下來，然後說：「現在哭鬧都沒有用，只有大家齊心協力，動腦筋，想辦法，才能夠出去。」大個子鳥這麼一說，鳥兒們都覺得很對。可是，怎麼才能從井裡出去呢？大個子鳥又說：「你們看，這兒離井口不算太高，我們一隻鳥上馱一隻鳥，用身體搭成一個梯子，就可以有一隻鳥爬出井口去。這隻鳥出井口之後，去找一根長一點的樹枝丟下來，其他的鳥也就能順著樹枝爬出去了。」

鳥兒們一聽，覺得這個主意不錯，都表示同意。大家又覺得大個子鳥最聰明，而且他的個頭大，力氣也大，只有他能弄來一根長一點的樹枝，就一致推舉大個子鳥先出井口。於是，鳥兒們費了九牛二虎之力，用身體搭成了一架「鳥梯」，大個子鳥就踏著鳥梯爬出了井口。

大個子鳥一出井口，深深地呼吸了一口新鮮空氣，頓時覺得心曠神怡，舒服極了；他拍拍翅膀，呼啦一聲飛了起來，又覺得是那麼自由自在，妙不可言。他忘情地飛呀飛呀，好像渾身有使不完的勁兒。就這樣不停地飛呀飛呀，也不知飛了多久，忽然，他想起了還在井下的伙伴們，不由拍拍自己的腦袋，急忙轉回身飛去。

他一面飛，一面叫：「對不起，伙伴們，我回來救你們了！」

可是，大個子鳥找不到那口枯井了！真的，他出井口的時候太興奮了，竟然一點也沒記住枯井周圍長著什麼樣的樹、有著什麼樣的石頭，他一點兒也想不起枯井周圍的情景了！

大個子鳥急了，眼淚撲簌簌地落了下來。他一面哭，一面找；一面找，一面哭。一直到他再也飛不動的時候，他還是沒有找到那口枯井。這時候，他的眼睛已經哭得又紅又腫了。唉，大個子鳥一直到死都不能原諒自己，他那紅腫的眼睛也一直沒有閉上……

「崩」地一聲，地上的化石忽然現出了幾條很深的裂紋。老教授和他的三個助手吃了一驚，定睛一看，那化石上的鳥眼睛不知什麼時候已經變得血紅血紅。寧靜的空氣中，四個人似乎聽到了一聲聲痛苦的呻吟。

第二個助手說的故事

哎哎哎，現在該聽我的了！我的故事可沒那麼慘。我說的這隻鳥不是大個子鳥，是一隻大眼睛鳥。大眼睛鳥的眼睛比他的伙伴們都大，他的目力也特別好。

有一年——當然也是很久很久以前了，這個地方鬧飢荒。天上飛的，地上跑的，都找不到什麼吃的食物。

鳥兒們都餓壞了，他們歪歪斜斜地飛著，撲撲楞楞地跳著，四處裡去找吃的。這時候，有一隻鳥卻是例外，那就是大眼睛鳥。大眼睛鳥依然非常神氣，每天都輕鬆自如地飛來飛去。別的鳥兒奇怪了，就問大眼睛鳥：「喂，伙計，你肚子不餓嗎？你找到吃的了？」

大眼睛鳥急忙搖搖頭：「哪裡哪裡，我是從前吃得多，底子打得好，所以才飛得動。這不，我飛來飛去，也是在找吃的東西呀！」

其實，大眼睛鳥是在說謊。原來，有一回，大眼睛鳥發現一塊石根旁有一條小蟲，急忙去啄食。誰知那小蟲機靈得很，一下子就鑽進土裡不見了。大眼睛鳥在石頭旁翻呀、啄呀，無意中啄到了石頭根旁長著刺的小草的草根，立刻，一種苦澀的滋味流進了他的嘴裡。說也奇怪，這一天大眼睛鳥的肚子一點也不餓了，精神也特別好。這樣，大眼睛鳥就發現了一個秘密，石頭旁長的那種不起眼的刺草原來是個寶貝，吃它的根比吃別的什麼都好。不過，大眼睛鳥不願意把這個秘密告訴他的同伴，因爲這種刺草並不多。

過了不久，鳥群們在這裡待不下去了，他們打點行裝，準備遷徙到別的地方去。他們招呼大眼睛鳥說：「走吧走吧，這裡不是我們待的地方，這樣下去只能等死！」大眼睛鳥卻說：「你們走吧，我不想走，我還有點事要辦。」鳥兒們勸不動大眼睛鳥，也不知他要辦點什麼事，就留下他，都飛走了。

鳥群飛走後，大眼睛鳥開始辦他的事情：把他早就看到的好幾處長著的刺草都找來，放到一塊兒，這樣以後吃起來就方便多了。因爲這時身邊不再有別的鳥，辦這事完全可以放開手腳，沒有什麼顧慮了。大眼睛鳥睜著大眼睛，哼著輕快的小曲兒，起勁地幹著。

可是，就在大眼睛鳥忙個不停的時候，天崩地裂，山倒石塌，一場比飢荒更大的災難發生了。大眼睛鳥來不及躲避，一下子就被石土掩埋住了。

你們知道這化石上的鳥眼睛爲什麼像活的一樣？那是吃了刺草根的緣故呀！

大家聽了這個故事，再去看那化石，呀！化石上小鳥的形狀變得扭曲了，像在作痛苦的掙扎。再看看那鳥的眼睛，咳！失去了原先的光澤，變得渾濁了，渾得像——一口痰。

第三個助手說的故事

你們兩個，把一塊好端端的化石說得變得這麼難看，眞是的！我說故事跟你們的不一樣——

鳥媽媽有一個孩子，說起來眞可憐，這孩子一出世，兩隻眼睛就什麼都看不見。鳥媽媽心裡很難過，總是撫著雙目失明的小鳥，流著淚說：「小可憐兒，小可憐兒，你以後的日子可怎麼過呀！」

鳥媽媽從不讓小可憐兒餓著、凍著，還每天教小可憐兒唱歌，她決心把小可憐兒培養成一個歌唱家。

小可憐兒是個很懂事的孩子，他沒有辜負媽媽的期望，刻苦地學習唱歌，終於成了一名歌手。

有一天冬天，天特別冷。鳥兒們都縮在樹洞裡、鳥窩裡，半天都不動彈一下。鳥媽媽對小可憐兒說：「孩子，你給大夥兒唱個歌吧，給大家鼓鼓勁，讓大家活動活動。要老是不動彈，鳥兒們會凍壞的。」小可憐兒聽媽媽的話，站在樹枝上，放開嗓子唱起來。

躲在樹洞裡、鳥窩裡的鳥兒們聽到歌聲，紛紛探出頭來，然後就飛了出來。有的轉兩圈，有的跳幾下；大夥兒都覺得不怎麼冷了。

從此以後，小可憐兒每天都出來唱幾次；鳥兒們聽到歌聲，也都出活動一下。小可憐兒的歌聲成了鳥兒們戰勝嚴寒的號令。

可是，這一年的冬天不知怎麼的，好像特別長。鳥媽媽想，春姑娘這麼遲還不來，一定是在半路上迷路了。鳥媽媽就對小可憐兒說：「孩子，我送你到大樹尖頂上去唱歌，你儘量唱得響一點，春姑娘聽見你的歌聲，就會趕來的。」小可憐兒點頭答應了。

大樹尖頂上風最大，最冷。小可憐兒才唱了幾聲，就感到渾身哆嗦，有點受不住。但他沒有停下，還是勇敢地站在那裡，使出全身的勁兒大聲歌唱。唱啊，唱啊，北風漸漸地減弱了，氣溫慢慢地上升了。你們猜得到，是春姑娘向這裡趕來了。然而，勇敢的小可憐兒的歌聲變得越來越輕，他的身體也變得越來越輕了。

當春姑娘終於來到這地方的時候，小可憐兒已唱完了最後一個音符，永遠地停止了呼吸。

鳥兒們簇擁著小可憐兒，含著淚呼喚著他們心中最出色的歌唱家。他們把他放在美麗的花叢中，又找來兩顆最珍貴的寶石，安在他的眼睛上。鳥兒們說，只有他才配有最漂亮的眼睛……

故事說到這裡，就聽見「撲啦啦」一陣響動，老教授和三個助手只覺得什麼東西從眼前飛過。這時候，地上的化石不見了，連一片碎屑也沒有留下。四個考古的人抬頭搜尋，而麗日晴空下，什麼東西也沒有。他們只聽見耳邊響著一聲聲歡快的鳥鳴，那聲音輕靈婉轉，在唱著一支動聽的歌：

有位姑娘從這兒走過，
身後留下生命的綠色，
啊，春天，春天——
有一個永遠美麗的傳說……

懶懶的童話

朱奎

朱奎（一九五三—），北京人。一九七八年發表第一篇文學作品〈喜鵲窩裡的「蛋」〉，著有中篇童話《勇敢號歷險記》、《足球皮皮》、《約克先生》等。

爲什麼叫懶懶，就因爲懶，懶得出奇，所以叫懶懶。

懶懶和蠍子乘涼

很奇怪，懶懶和「蠍子乘涼」有什麼關係？

當然有關係！

大熱的天，懶懶是最懶得去上學的。你看，說懶他就做給大家看。

走到半路，懶懶不樂意動了，更不樂意去上學，揀一塊乾淨地方躺了下來，書包當枕頭，作業本蓋在臉上擋日頭。

躺了一小會兒，他睜開眼，發現身子左邊一隻大蠍子正在日頭底下向這兒爬來。

懶懶看著，一直看著牠爬到自己腰眼兒旁邊。

他想動一動，給蠍子讓讓道兒。

可是懶懶懶得動。

懶人有懶招兒。

懶懶抬起屁股，把肚皮向上腆，挺前胸，後腦勺頂在書包上，雙腳著地，身子成弓形，正好給蠍子讓開道兒。

蠍子爬了過來。

懶懶數著數兒，估摸著時間，蠍子大約什麼時候爬過去，他好把身子再放下來，總這樣弓著身子可夠難受的。

一、二……九，好了，估摸著蠍子爬過去了，懶懶把向上挺著的腰朝下一落。

「哎喲！」懶懶大叫起來。

天正熱，蠍子在毒日頭下爬了半天，爬到懶懶向上弓起的腰背下。

蠍子心裡想，這裡真舒服，既遮陽，又通風，好涼快，舒服舒服吧。

蠍子乘上涼了。

可懶懶的腰背壓下來了，蠍子忍無可忍，螫了懶懶一鈎子。

懶懶和蠍子乘涼就是這麼個關係。

懶懶深造

懶懶被世界懶人協會看中了，他們要送懶懶進懶人學校深造。

懶懶是很樂於去的，因爲，懶人學校可以教會他以更懶的方式去生活。

懶懶進了懶人學校。

懶人學校的校長是世界上最懶的懶人之一，據說，他胖得有兩千斤重，因爲他光吃不動，就像牲口蹲膘一樣。還聽說他有五十個下巴，人們一聽會嚇壞了，人哪兒有五十個下巴的，這是因爲校長太胖了，他下巴上的褶兒數一數足足有五十個，所以人們就說成了他有五十個下巴。

頭一天是開學典禮。我們的開學典禮是打隊旗，敲隊鼓，吹隊號。可懶人學校的開學典禮是只吹號，號吹出的聲音不是「滴滴答滴答」而是「呼嚕，呼嚕」，就像是兩萬個人在一起睡覺打呼嚕。

校長被十五個大小伙子抬來了，因爲他太沉，人少了抬不動。再加上懶人學校的校長是從不走路的，學生們也將這樣。

校長要訓話。

校長被放在操場前的主席台上，主席台上沒有講桌，卻放了一張鐵床，校長被放到了鐵床上，木床是要被壓塌的。

鐵床的床頭上放了一個擴音器。

懶人學校新入校的學生們都等著校長講話，過了好一會兒，校長沒有講話，還是靜靜地躺在鐵床上，又過了好一會兒，校長的呼嚕聲從擴音器裡傳出來。

啊，校長睡著了

有的懶人學生不滿意了。

懶懶卻很高興，眞是心有靈犀一點通，懶懶今天的收穫眞大，校長沒有語言的訓話給了懶懶以極大的啓發。

這就是懶人學校裡的第一課，也是學生們長久的必修課。

在這裡，懶懶可以不必學習知識了。這裡沒有作業，沒有體育課，沒有音樂課，因爲這一切都是要花費力氣的。這裡只教授躺著，整天躺著，讓你自己去體會如何發揮自身的懶勁兒。

懶懶在這裡的學習成績十分出衆，於是校長親自給他頒發了獎章。

懶懶榮膺世界杯三米慢跑賽冠軍

世界懶人協會，每年舉辦一次世界杯三米慢跑賽。

懶懶以優異成績畢業於懶人學校，學校很希望他在比賽中取得好成績。

懶懶決定報名參加世界杯三米慢跑賽。

當然，報名是懶懶所在懶人協會的事，因爲懶懶是懶得去報名的。

懶懶參加了世界杯三米慢跑賽，以懸殊的比分戰勝許多對手，進入半決賽。

半決賽懶懶又以兩個月零五個小時十三分二十五秒的成績，戰勝了對手。而這個成績打破了上屆冠軍懶蛋所保持的三米慢跑兩個月零五個小時十三分二十一秒的世界杯賽紀錄。

決賽開始了，懶懶的對手是上屆冠軍懶蛋，他也是懶人學校的高材生。

世界上所有的懶人都躺在床上觀看這場世界杯三米慢跑決賽，因爲他們都懶得坐著看，而且懶得睜開兩隻眼睛看。如果允許的話，他們根本就不看，不過，這場比賽是他們懶人自己的事情，也是世界懶人協會空前偉大的運動會，所以，不得不關心一下。

決賽要開始了，懶懶和懶蛋站在起跑線上。

「預備——」裁判員喊口令了。

「呼嚕！」他手裡的砸炮槍響了。不知道懶人們怎麼搞的，他們的砸炮槍發出的聲音也是睡覺的呼嚕聲。

懶懶和懶蛋擺好了起跑的姿勢，卻沒有動，因爲這是一場慢跑比賽。

六個小時過去了，懶懶和懶蛋還是紋絲沒動。懶懶餓了，需要吃飯。這時懶懶忽然想起了塡鴨吃飯的方法，於是他叫助手抬來食物擠壓機。懶懶張開嘴，助手一壓，食物就順著食道進了腸胃。

觀看比賽和看電視的懶人們嘆服了，齊呼「萬歲，呼嚕！」他們怎麼早沒想到應該這樣吃飯？懶懶在吃飯問題上開創了新的路子。

到了晚上，懶懶和懶蛋躺在起跑線上睡覺了，他們還是誰也沒有前進一步。

於是，觀看電視的懶人們也睡覺了。但是，電視還開著。因爲，他們懶得關閉電視，這需要花費力氣，哪怕是按一下電鈕。所以，懶人們使用的電視機的壽命比正常人使用的電視機壽命起碼要短上一半。

等懶人們第二天醒來，懶懶和懶蛋還是沒有前進一步。

就這樣，這場比賽持續了兩個半月零一秒鐘，還沒有結束。

懶懶和懶蛋在學校都進行了專門的訓練，他們可以光吃不拉，光喝不尿。

於是，懶懶長得很胖很胖。你們想想，兩個半月不拉不尿，吃的東西全裝在肚子裡，懶懶和懶蛋會長得多麼胖！

兩個人一步沒有離開起跑線，卻胖得離終點線只有一尺多遠了。

懶懶的消化系統好，於是，懶懶離終點線比懶蛋近了半尺。因爲，懶懶比懶蛋胖，胖出了半尺。

懶懶難過了，這樣下去，自己會提前到達終點的。

於是，懶懶又拿出了挨餓的本事，把自己餓瘦。懶懶一個星期沒吃飯，果然瘦了下去。

在這方面，懶蛋比不上懶懶，他仍然不斷地長胖。這樣，當比賽進行到兩個月零二十三天六小時三秒的時候，懶蛋的肚皮到底挨上了終點線，於是，懶懶取得了世界杯三米慢跑賽冠軍。

世界杯三米慢跑賽將舉行隆重的授獎儀式，可是懶懶卻不能參加這極其光榮又轟動世界的授獎儀式。

這是爲什麼呢？

懶懶身上的所有器官都向懶懶學習

懶懶不能動了。

懶懶是被抬下比賽場地的。

懶懶的腿最先表示向懶懶學習。因爲，懶，既可以出風頭，榮膺冠軍，又很舒服。它決定向懶懶看齊，自己不再動。

懶懶的胳膊也這麼想。

於是，懶懶的胳膊和腿不再動彈了，懶懶只好被人抬下去。

可是，更嚴重的還在後面。

懶懶的腮也準備向懶懶學習，向哥哥姐姐——腿和胳膊學習，它也不願意動了。於是，懶懶的上下顎也不動了。

懶懶的舌頭也表示一定向懶懶學習，於是，懶懶再也不會說話。

懶懶的眼皮，懶懶的眼珠，懶懶身上的所有器官，開了一個會，身體所有的器官一致決定，以懶懶爲榜樣，向懶懶看齊。於是它們的工作全部停止了。

授獎儀式上的唁電

世界杯三米慢跑賽的授獎儀式延期舉行，但終於是舉行了。大會開始了，由競賽的主持者先向懶人們宣布一個沉痛的消息，即宣讀一份唁電，然後發獎。

唁電如下：

呼嚕！驚悉世界三米慢跑賽冠軍懶懶不幸病逝，深感遺憾。懶懶一生致力於懶人事業，曾在懶人學校深造，成績優異。後因懶惰成性，四肢及其他器官得不到運動，腦子得不到使用，身患全身萎縮症，以身殉職。

呼嚕！一顆偉大的懶懶的心停止了跳動！

當唁電念到「身患全身萎縮症，以身殉職」時，所有的世界懶人協會的會員們，以及不是會員的懶人們都活動起來，因爲，他們都怕也得「全身萎縮症」。

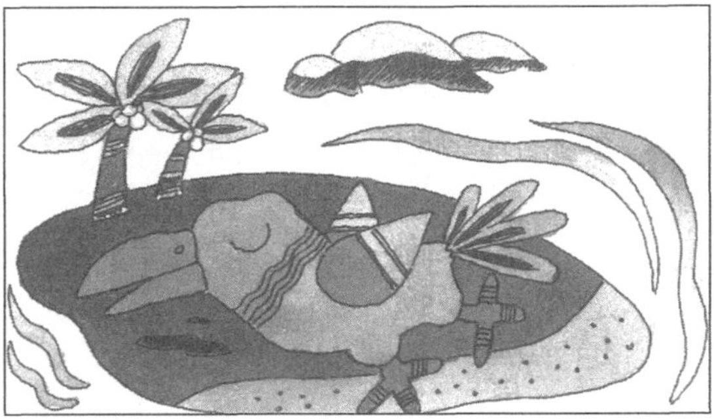

波斯灣海鳥

周密密

周密密（一九五三——），原名周蜜蜜，廣西羅城人。一九七〇年代開始文學創作，著有《神面小公主》、《太空垃圾》、《海豚寶寶的夢》、《兒童院的孩子》等。〈波斯灣海鳥〉發表於一九九〇年。

「咯咯咯」，「咯咯咯」。沙灘上的海鳥蛋，發出了一陣陣響動。

「哎呀，海鳥爸爸快來看，我們的小寶寶要出世了！」雌鳥拍動翅膀說。

「嗯，不出我所料，他們是屬於這個春天的。看他們濕漉漉、傻兮兮的樣子多可愛！不過，無論如何，他們是我們的小天使。」雄海鳥踱著步說。

「啾啾，啾啾。這是什麼地方啊？這麼寬闊，這麼碧藍，好玩嗎？」剛出殼的小海鳥探頭就問。

「乖孩子，這是波斯灣海呀，我和你爸爸在這裡生活了很久，很愉快，現在你們也加入吧。我們的家庭更大了。」

「轟隆隆」，「轟隆隆」。海空上炸彈橫飛，呼嘯爆炸。驚醒了棲息在岸邊的大大小小海鳥。

「媽呀！天要塌了嗎？地要陷了嗎？我是不是已經死了？」小海鳥驚恐地叫著。

「啊，可憐的孩子，不要叫得那麼悲慘，我們還活著。你看到的是人類戰爭的景象，與我們無關，來吧，我們靠著礁石睡，就不會有危險了。」雌海鳥說。

「可是人類是什麼？戰爭又是什麼？」小海鳥還問。

「人類是最有智慧的動物，戰爭嘛，是毀滅性的行爲。」雄海鳥解釋道。

「爲什麼最有智慧的動物，要做這樣毀滅性的行爲呀？」小海鳥繼續追問。

「這個……我也不知道，還是睡吧。」雌海鳥說。

「救命！救命呀！」波斯灣海原油滾滾，烈火熊熊，海裡的所有生物，化爲塗炭，垂死的小海鳥喘著氣說：

「爸爸、媽媽，我的翅膀、羽毛都被那些黑油粘住了，痛死我也！我還沒有看見眞正的春天，就這麼去了嗎？」

「是的，孩子，我們都要去了。不過，我們的亡靈，將永遠在人類的頭上盤旋，要讓他們世世代代都記得，這一場毀人也自毀的戰爭。」

大海鳥說完，悲壯而去。

炒命——新聊齋

周銳

周銳（一九五三—），廣東潮陽人。一九七九年開始兒童文學創作，著有童話《雞毛鴨》、《哼哈二將》、《大個子老鼠和小個子貓》等。〈炒命〉發表於一九九八年。

我爸爸是個踏黃魚車的，就是那種三輪貨車，靠給人家送貨掙一點辛苦錢。

但他也挺要面子。在弄堂口等生意時，他會翹著拇指跟同行們吹牛：「我是不高興做股票，我的老同學在證券交易所當經理，我要是做股票，肯定翻幾個跟頭！」

他說他「不高興」做股票是吹牛，不過他的老同學在證交所當經理倒是真的。他那同學長著一張大圓臉，小時候人家都叫他「大餅」。大餅雖然發達了，卻還很念舊，有時在馬路上看見我爸爸，他會把轎車開慢一點，我爸爸就把黃魚車踏快一點，兩人匆匆忙忙聊上幾句：

「長腳，最近行情看漲，你不進點股票？」

「算了，大餅，我哪裡玩得起這個？你沒忘記老同學，我就很高興了。」

「那就下次再聊，我先走一步了！」

沒想到，大餅突然發急病，眞的「先走一步」了。爸爸很傷心，踏起車來也沒勁，再沒有哪輛轎車肯開得慢一點陪他聊天了。

大餅不在以後，從前的朋友們很少再去他家了。爸爸從前很少去大餅家，可現在他跑得挺勤，他覺得他有責任照顧亡友的妻兒。一天，他剛談好一筆生意。踏車去接貨，看見大餅的老婆背著兒子走出大樓，一問，兒子摔傷了。爸爸二話沒說，讓母子上車，飛快地踏向醫院……。

當天晚上，爸爸做了個夢。第二天他說給我們聽：「我夢見大餅了，他謝謝我。他在那邊還幹老本行。」

「跟眞的似的！」媽媽笑一笑就走開了。

我卻還有興趣聽下去。我問爸爸：「大餅還勸您買股票嗎？」

「他總是這樣。他說那邊的股票我應該玩得起了……」

爸爸就去找賣冥幣的老太婆，買了一大疊，每張都印著「壹萬圓」。買回來就興沖沖燒了。

媽媽埋怨爸爸浪費錢。好在這冥幣眞的便宜極了，媽媽嘀咕一陣也就算了。

又過了一夜，爸爸對我說：「行了，他收到錢了，已經替我開了戶頭。不過他說，兩邊不一樣，我必須同這邊反著做。」

於是爸爸第一次走進證券交易所。

擠在人群裡，看著紅綠閃爍的大屏幕，他完全不知所措。他就問別人：「哪種股票最好？哪種最差？」

一個胖子告訴他：「城隍廟最好。」

另一個瘦子說：「土地廟最臭！」

爸爸記住了。一回家就倒在床上。媽媽問他怎麼了，他說：「我要睡覺。」媽媽以爲他不舒服，哪知道他是要會見大餅，委託買進。

平時爸爸是一沾枕頭就打呼嚕，今天卻是翻來翻覆去一夜睡不著！天快亮時他才迷糊了一小會兒，一醒來就叫：「成交了，我買進土地廟八十萬股！」

他又去股市看行情。

一進交易大廳，胖子就滿面紅光地對他說：「城隍廟又漲了！」

瘦子卻是一臉的晦氣，「土地廟又跌了！」

「你說什麼？」爸爸激動地問瘦子，「土地廟眞的跌了?!」

瘦子沒好氣地說：「你自己看屏幕嘛。」

爸爸立刻拍手，「哈，跌得好，跌得好！」

瘦子惱怒地揪住爸爸的衣領，「你幸災樂禍……」

胖子忙來解勸，他對瘦子說，「這位朋友一定是輸慘了，腦子不太清楚了。」

「跌得好，跌得好……」爸爸笑呵呵走出交易所。

晚上，爸爸又進入夢境。

老同學告訴他：「你已經賺了。我們將用壽命和你結算。」

「用壽命？」

「你本來可以活八十五歲，現在再給你加上一年零兩個月。」

「眞的?!」爸爸大笑，從夢裡笑到夢外，「我賺啦，我賺啦！」

不僅把我和媽媽吵醒，樓下鄰居都提意見：「喂，朋友，麻將該收攤啦！」

證券交易所開始冷清起來。

胖子臉上不再放紅光，他發愁地看著屏幕，「現在城隍廟也往下走了。」

瘦子說：「沒辦法，大勢走低。」

但爸爸更加興高采烈，「跌得好，連跌三百點才好呢！」

這次胖子的臉也發青了，由他帶頭，大家把這個口出凶信的喪門星好好修理了一頓。

爸爸回到家裡時，身上有鞋印，頭上有腫包。媽媽心疼極了，爸爸卻喜滋滋地扳著指頭，「換算下來，我又可以加五年壽命了。」

股民們用牛的猛衝形容行情紅火，用熊的冬眠形容不景氣。但這邊的熊市就是那邊的牛市，爸爸樂顛顛的天天像過節。

他讓我算：「八十五加三十等於多少？」

「啊，」我便祝賀他，「你可以活到一百一十五歲啦。」

正當爸爸的壽命向吉尼斯紀錄發起衝擊時，爸爸聽見股友在議論：

「最近有利好消息，股市要止跌反彈了……」

爸爸有點吃驚，但願這消息是謠傳。

幾天後，整個股市指數飆升。

胖子又高興了，「城隍廟漲了！」

瘦子也高興，「土地廟也漲了！」

只有爸爸心急如焚，他對著一路攀升的屏幕苦苦哀求：「別漲了，別漲了！」

爸爸的臉色一天比一天難看。每天回來都在嘟嚷，「我只有一百零一歲了。」「還剩九十四歲。」……

很快地，爸爸輸掉了贏來的壽命，開始倒賠了。

一天，我看見爸爸醉醺醺地發著呆。我吃一驚，他是從不喝酒的呀。我趕緊抓過報紙看股市消息，按照爸爸的方法換算了一下——呀，爸爸還有一年好活了。

「要準備後事了……」爸爸喃喃自語。

晚飯時，爸爸悲壯地囑咐媽媽：「一定要讓兒子讀大學，我的遺體和五臟六腑都可以賣錢……」

媽媽生氣，「你發什麼神經病！」

但爸爸不生氣，他對媽媽更加體貼，對我更加寵愛。

這樣過了些日子，股市重新反轉。

股票跌了，股民們又在跳腳。但這次爸爸不那麼興高采烈，他冷靜多了。

胖子和瘦子奇怪地問他：「你怎麼不拍手啦？」

經過「生死大關」，爸爸好像悟出一點什麼來了。「這樣活得太累。」他對我和媽媽說，「這樣不是活，是折騰……」

「就是，」媽媽嘀咕說，「沒人讓你這樣折騰啊。」

等到壽命回到七十五歲時，爸爸決定果斷抽身。他又在夢裡見到大餅，對大餅說：「股海無邊，回頭是岸。給我全拋掉！」

爸爸又能輕輕鬆鬆做人了。他讓我和媽媽坐在他的黃魚車上，帶我們去淀山湖玩。爸爸一邊飛快地跳著車，一邊發表他的感想：「寧願少活十年，只要活得自在，活得有意思，這就值得。」

我對爸爸說：「你玩了這麼一圈，真是——」我找了句「深沉」些的，「真是人生如夢。」

媽媽哼一聲，「他本來就在做夢！」

阿哼的蚊子

馬翠蘿

馬翠蘿（一九五五——），香港新雅文化事業有限公司編輯、兒童故事專欄撰稿人。一九七九年開始兒童文學創作，結集作品有《五個冠軍》、《偶像插班生》、《拯救未來》、《貝多芬》等。〈阿哼的蚊子〉發表於一九九八年。

小豬阿哼上有五個姐姐，下有五個妹妹，豬爸爸豬媽媽重男輕女，把阿哼寵得就像金蛋蛋、銀蛋蛋。姐姐妹妹們只有阿哼一個小兄弟，也事事讓著他、順著他。阿哼讓他們寵壞了，刁蠻任性，搗蛋霸道，簡直認為自己天下第一。

這天，阿哼吃完早飯，拍拍圓鼓鼓的小肚子，跑到河邊散步。河水裡映出了一隻昂首挺胸的小胖豬，阿哼左照照，右照照，覺得自己英俊極了，也神氣極了。

阿哼伸長脖子喝了一口水，喲，眞甜！阿哼剛想再喝，忽然聽見一陣嬉笑聲，原來，不遠處也有一群小豬在喝水哩。阿哼大怒，這麼清甜的水，只有我阿哼配喝，你們這些無知的小蠢豬，敢來喝我的水！

於是，阿哼又跳又叫，喝令小豬們趕快離開，小豬們見阿哼那副兇樣子，嚇得一窩蜂跑走了。

大獲全勝之後的阿哼懶洋洋地躺在河邊，暖暖的陽光照在身上，舒服極了。這時，阿哼突然發現，自己那五個姐姐，五個妹妹，也在河邊曬太陽哩。阿哼很生氣，這麼好的陽光，只有我阿哼配享受，你們這些蠢丫頭，也敢來曬我的太陽！於是，他跑到姐妹們面前，兇巴巴地說：「這是我的陽光，你們快走！」姐妹們不敢反抗，委委屈屈地離開了。

阿哼獨個兒躺在河邊的草地上，望著藍天白雲，覺得這天底下一切東西都是屬於自己的。

阿哼迷迷糊糊地睡著了。忽然，背上好像被針狠狠刺了一下，媽呀，疼死了！阿哼趕快睜開眼睛，天哪，十幾隻蚊子正圍著自己轉！阿哼剛要伸手趕蚊子，卻聽見附近有位豬婆婆在說：「該死的蚊子，咬得我好痛！」

阿哼一聽很不高興，這裡所有東西都是屬於我阿哼的，你豬婆婆也配給我的蚊子咬嗎？他氣呼呼地站起來，朝豬婆婆大聲喊道：「這是我的蚊子！這是我的蚊子！」

豬婆婆聽了很生氣，說：「好一個不知天高地厚的豬小子！好吧，就把蚊子全給你吧。」

蚊子們很高興，以前，他們一出現就被追殺，沒想到現在有隻小豬這麼喜歡他們。於是，他們把這個喜訊傳了出去，老蚊告訴大蚊，大蚊告訴小蚊，大大小小的蚊子全都來了，把阿哼叮得像個大蜂巢似的。阿哼被咬得又癢又痛，蚊子揮也揮不走，趕也趕不去，他只好哭叫著跑回家去。姐妹們和豬朋豬友們正在門口玩遊戲，見到阿哼被蚊子襲擊，都跑過來幫著驅趕。當蚊子全部被趕走之後，可憐的阿哼早被咬得頭腫臉腫了。

足足半個月，阿哼的傷才好。從此，阿哼再也不敢霸道了。

外星棄童大營救

任哥舒

任哥舒（一九五六——），浙江蕭山人。著有《紅地毯雜技團》、《帥哥傳奇》、《敬個禮呀笑嘻嘻》等。〈外星棄童大營救〉發表於二〇〇〇年。

想知道我們地球人與外星人首次接觸的故事嗎？我現在告訴你。

「你們這些寫童話的人，哎，一會兒一個外星人，一會兒又一個外星人，外星人有這麼輕易就來的嗎？」你一定會這麼說。

你說得對。外星人的出現確實是非凡之事。所以，當不是童話中的假外星人，而是遠方眞正的外星人駕著飛船來太陽系遊歷的消息被證實時，地球上徹底轟動了。所有的科學家都全力投入觀察、研究工作。所有的普通大衆也都整日忙碌起來。此事太振奮人心了。

不久，科學家發出驚人報告：有兩枚來自外星飛船的隕落物正降臨地球。結果，發現那只是外星人扔出飛船的兩隻臭鞋子：一隻男式的，一隻女式的。我們地球人如此鄭重其事地對待外星人的出現，而對方如此吊兒郎當。豈有此理！地球人都感到受了侮辱，全世界都憤怒了。聯合國徹夜開會，最後，通知下屬的宇宙事務組織，立即通過無線電向外星人發出強烈抗議。

飛船上的外星人有了應答。原來那是一個從遠方來太陽系旅遊的三口之家；夫妻半途吵架，就各自脫下一隻鞋扔出窗，以示憤怒。鞋卻不偏不倚都掉在地球上。他們在激動地吵吵鬧鬧著，而且還有更驚人的舉動。請聽，那丈夫叫：「老婆，你再跟我吵，我不但扔鞋子，還要扔兒子！」那妻子喊：「你扔你扔，怎麼不扔？」「我馬上就扔！」「啊，你真敢呀！」

這下地球上更加轟動了。整個世界把抗議的事情放在一旁，都行動起來準備營救外星棄童。科學家精心計算，得知了外星人兒子即將降落的地點、時間，然後說如果能立刻在那裡疊起一萬萬條柔軟的棉被或者海綿墊子，就完全可以拯救外星棄童。營救是那麼地緊迫。何況一萬萬條被子、墊子不是馬上能湊齊的啊！於是熱情而善良的地球居民表現出了許多捨己救人的高尚美德。我在這篇故事裡不能將好人好事全部羅列，只能講講其中幾件。

第一件是新娘捐出新棉被。那是一對新潮夫婦，結婚總共只備一條被子。這唯一的被子，他們送去救外星棄童了。當晚，他們就沒法入洞房。新娘說：「人心都是肉長的，爲救小孩，遲兩天入洞房算得了啥！」新郎說；「說得對。我們可以在夜晚等著看外星飛船是怎樣遨遊星海，以及外星小孩是怎樣降臨在我們新婚的棉被上。這多浪漫！」

第二件是中學生們讓出野營被。中學生們正在風光秀麗的郊外露營，一聽說外星小朋友有難，爭著把自己在野外睡覺時蓋的被子交給老師，要老師送去救人。他們不約而同地說；「夜裡還睡什麼覺！看外星人嘛！」

第三件是一名撐竿跳運動健將，他寧願不拿冠軍，送出海綿墊子。

他已苦練三個春秋，這回將穩得大賽冠軍。正當他手持助跳杆，準備飛躍高高的橫杆時，傳來需要救援外星棄童的消息，他說：「冠軍的稱號絕沒有孩子的命值錢。我不爭冠軍了，快把海綿墊子送去鋪上吧。」

地球人等來等去，卻沒等到外星小孩落在一萬萬條被墊上。原來外星夫妻沒捨得把兒子扔出飛船。地球人感到被捉弄了，於是更生氣，向外星人發出責問：「說要扔兒子，怎麼又不扔？讓我們白忙一場，空等三天。不過沒扔是完全正確的，請你們善待兒童。」外星人夫妻耳聞目睹這一切，感動極了！他們駕飛船專程駛往地球，向地球人作深刻的檢討。

全世界的人們得知不是童話中的假外星人而是遠方眞正的外星人要來地球，興奮極了，驚呼：「人類歷史劃時代的新篇章將要掀開！」

外星人三口之家到達地球，打算沉痛檢討；但是沒人顧得上聽，因爲他們的到來使世界轟動到了極點。先是歡迎大會，然後地球人與外星人三口之家進行座談……

大家依依不捨分別時，外星人說回去後要向他們的星球隆重發布這一重大的星際交流新聞；到時他們的同胞一定會萬分驚訝，都會趕來地球參觀、交流、合作……

故事講完了。噢，此後地球人連續激動了許多日子。接待外星人來訪的一幕幕眞是難忘！地球上建起「與外星人首次接觸」紀念塔，其造型就設計成一萬萬條棉被和海綿墊子層層相疊狀——非常偉大、壯觀。

村裡有個喇叭匠

車培晶

車培晶（一九五六——），山東牟平人。著有長篇童話《裝在橡皮箱裡的鎮子》、《撿到一座城堡》，長篇小說《一個與狼有感應的女孩》、《你好，棕熊》，中短篇童話集《魔轎車》等。〈村裡有個喇叭匠〉發表於一九九〇年代。

一

有個胖喇叭匠，吹喇叭遠近聞名。人們都親切地稱他「喇叭胖子」。

夜裡，一對小夫妻打起架來。「嘭嘭咔！」「噹噹咚！」他們賽著個兒摔家裡的東西，碗碎了，盆裂了，鍋底掉了，電視機兩半兒了。

村長來勸架：「住手！別摔啦！」

小夫妻倆根本不聽勸，繼續打，繼續摔。

「喇叭胖子，」村長惱火了，「你吹喇叭，給他們鼓勁，讓他們使勁打、使勁摔，最好把屋子也推倒了。」

喇叭匠會吹好多曲子，按村長的意思，他這會兒該吹那支〈打打打，摔摔摔〉，但他沒有。他不忍心看到那麼多東西被摔壞。他吹起一支名字叫〈小媳婦，乖乖乖〉的曲子。

樂曲溫柔柔地從喇叭口飛出來，飄到小倆口的家裡。妻子立刻羞紅了臉：「對不起，我是乖媳婦，怎麼能打架呢？」

丈夫也馬上慚愧起來：「都是我太衝動，請原諒。」他們親愛地擁抱在一起，彷彿又回到從前剛結婚的日子。

早上醒來，他們發現屋裡香氣四溢，鍋碗瓢盆完好地放在那兒，電視機也原模原樣地擺在櫃上，窗簾已換成從前那種溫馨的粉紅色，桌上花瓶中盛開著一叢紫丁香，一切的一切，都和他們結婚那天一模一樣！

二

喇叭匠不是專門吹喇叭的，他也下田幹活兒，幹活時他便把喇叭掛在田邊樹上。這是夏季，莊稼生了蚜蟲，正是莊稼拔節的時候，蚜蟲糟踐莊稼可快呢。大家都很著急，因爲在這偏僻的小山溝裡很難買到好農藥。

喇叭匠匆匆忙忙爲蚜蟲作了一支曲子，名叫〈睡吧，寶貝兒〉。夜裡，他悄悄躲在莊稼地裡，低聲吹起喇叭來。他心裡沒底，不知道蚜蟲喜不喜歡這支曲子，所以就趁人們熟睡時吹起來。

〈睡吧，寶貝兒〉像輕柔涼爽的風兒，在田間漫響開。喇叭匠仔細觀察，一顆顆螢火蟲的音符，在植物間飄來蕩去，有的還飛出田間，越過小河，飄向村裡每家每戶的窗口……

讓喇叭匠欣慰的是，蚜蟲都安安靜靜地睡著了。

牠們不再喝莊稼汁兒了，個個都像熟睡著的嬰兒那般安詳。

但也出了點副作用：村民們個個睡得天昏地暗，到天亮時也沒有醒來。還有雞、鴨、鵝、狗、驢、牛、馬什麼的，都昏睡不醒。好在這是掛鋤季節，田間沒什麼事兒可做。

喇叭匠獨自一人守望著一座村莊和一片又一片莊稼，直到秋風涼了的時候，人們才從睡夢中醒來。

那些可惡的蚜蟲呢，秋高氣爽，牠們在睡眠中被晾成一隻隻蟲乾兒。

「開鐮收割！」村長下令。人們動起手來，今年又是一個豐收年，人們個個喜笑顏開，幹勁衝天。

三

有個姑娘看上了喇叭匠。姑娘是教師，她的學生們十分頑皮。她和喇叭匠約會，學生們總能探聽到消息，埋伏在果林裡。等待姑娘和喇叭匠親親熱熱時，他們便哄笑著圍過來，讓姑娘非常難堪。

「讓我想個好辦法。」喇叭匠說。

他連夜趕作了一支名字叫〈幫幫我們吧，狐狸〉的樂曲。第二天傍晚，他們又幽會了。這回他們換了個秘密的地方：一個山洞裡。但是，孩子們又捷足先登，他們藏在洞穴深處，偷看老師談戀愛。

「先聽我吹一支好玩的曲子吧。」喇叭匠說。

姑娘擔心起來：「聽到喇叭聲，孩子們就會跑來的。」

「沒關係。」喇叭匠笑道，「他們不來，我這支曲子就算白作了。」

喇叭吹響了，像狐狸叫似的。讓喇叭匠和姑娘吃驚的是，樂曲慢慢地變幻成一群狐狸，一隻一隻從喇叭筒裡鑽出來。狐狸們向孩子們追去。

「好啦，我們可以靜下來好好談談。」喇叭匠說。他把喇叭塞到懷裡，擔心姑娘看到它就會聯想到狐狸。這次幽會，他們談得最火熱，而且還訂下了結婚的日期。

臨分別時，姑娘忽然想到了她的那些頑皮透頂的學生：「他們被狐狸追到哪兒去了呢？」她擔憂起來，讓狐狸把學生追丟了，那可不是老師應該做的。

「沒關係。」喇叭匠說，「我這兒還有一支尋找孩子的曲子，他們丟不了的，興許正在同狐狸們捉迷藏玩呢。」

喇叭匠把手伸進懷裡，他想取出喇叭，但一下摸到一隻小狐狸。「噢，一隻藏在喇叭裡不肯出來的小傢伙。」他笑道。又輕輕把那隻懶惰的小狐狸塞進了喇叭筒裡。

四

喇叭匠和姑娘結婚了，很快他們就有了自己的孩子。孩子鬧夜時，喇叭匠就輕輕吹一小段〈睡吧，寶貝兒〉，孩子便立即睡著。孩子想玩什麼，喇叭匠便吹一支〈玩具總動員〉，或者〈米老鼠和唐老鴨〉、〈舒克與貝塔〉，許多電動玩具像米老鼠、唐老鴨、布偶、舒克和貝塔的剪影兒，統統會從喇叭筒裡鑽出來。所以，喇叭匠家小孩的玩具是世界上最多的。

喇叭匠媳婦小學校的教室被暴雨淋塌了。教室破陋了，村裡沒錢，有錢的話早就建新教室了。

「想個辦法，為小學校做點什麼。」喇叭匠媳婦說，「比如，用你的喇叭吹幾片新瓦，或者鑲窗戶的玻璃。」

「讓我想一想。」喇叭匠走上山坡頂，這兒寧靜，他開始構思喇叭曲子。他決定為小學校吹出一幢新房子，這可是一項大工程，他需要認眞構思，反覆推敲每一個音符；如果哪個音節上有毛病，那就很可能吹出一堆破磚爛瓦來。

三天三夜過去了。喇叭匠高高興興地從山上下來，他把寫好的名字叫〈教室自天而降〉的譜子給妻子看。啊，好長好長的曲子，一共有三百頁呢！

「能行嗎？」妻子問。

他點點頭，信心百倍地說：「可以一試！」

〈教室自天而降〉吹響了。喇叭匠用了一天一夜時間吹了一遍，但毫無效果，從喇叭裡飛出的那些音符落下來時，只是一塊塊磚瓦，一根根小木頭。

他繼續吹，又吹了一遍，還是不見效果。再接著吹，一共吹了七天七夜，奇蹟終於出現了：一幢紅磚瓦頂教室在一片歡快的樂曲聲中，靜靜地落在村口。

「成功啦！」全村的人歡呼雀躍。

但喇叭匠已經變成一個乾瘦瘦的男人了，他用的氣力太大了。

「你減肥了。」妻子高興地說。

「這樣好嗎？」他不安地問。

「很好！」

只是喇叭匠的孩子辨不出爸爸了，現在的喇叭匠與從前相比，已判若兩人了。

梨子小提琴

冰波

冰波（一九五七——），原名趙冰波，浙江杭州人。一九七〇年代末開始發表作品，著有童話《冰波童話》、《狼蝙蝠》、《藍鯨的眼睛》等。〈梨子小提琴〉發表於一九八〇年代末。

住在松樹上的小松鼠，有一天從樹上爬下來，到地上來玩。他在地上走來走去，突然看見一個大梨子。

大梨子顏色黃黃的，一頭大一頭小。可是小松鼠不認識它。

「咦？這是什麼東西呀？眞好玩。」

小松鼠費了好大的勁，把梨子背回家了。他找來一把刀，把梨子對半切開了。一股香味飄散開來了。

「嗽，好香啊，好香啊。」

小松鼠把半個梨子吃掉了。那剩下的半個，他捨不得吃了。

小松鼠捧著那半個梨子左看右看，突然想到一個好主意。

「我用它來做一把小提琴吧！」

小松鼠眞的把它做成了一把小提琴，又用小樹枝和自己的鬍子，做成了一把琴弓。

小松鼠坐在樹枝上，拉起小提琴來。拉出來的琴聲好聽極了，還帶著一股淡淡的香味，傳出很遠很遠去。

這樣好聽的音樂，森林裡從來沒有過。

這時候，在森林裡的一個地方，有一隻狐狸在追一隻小雞，小雞一面哭，一面拼命地跑。

「我一定要把你捉住！」狐狸很凶地說。

狐狸跑得快，小雞跑得慢，狐狸很快就要追上小雞了。「救命呀，救命呀！」小雞嚇得尖聲亂叫。

突然，好聽的音樂傳進了狐狸的耳朵裡。呀，眞好聽呀！狐狸對小雞喊起來：「喂，你別跑啦，我不捉你了，我要去聽音樂。」

這時候，在森林裡的另一個地方，有一隻獅子在追一隻小兔子，小兔子一面哭，一面拼命地跑。

「我一定要把你捉住！」獅子很凶地說。

獅子腳步大，小兔子腳步小，獅子很快就要追上小兔子了。「救命呀！救命呀！」小兔子嚇得尖聲亂叫。

突然，好聽的音樂傳進了獅子的耳朵裡。呀，眞好聽呀！獅子對小兔子喊起來：「喂，你別跑啦，我不捉你了，我要去聽音樂。」

小松鼠還在樹上拉小提琴。

動物們都悄悄地來到了松樹下。大家的腳步輕輕的，透氣也輕輕的，在松樹下坐下來。

狐狸也來了。他的身後，跟著那隻小雞。

獅子也來了。他的身後，跟著那隻小兔子。

大家仰起頭，看著松樹上拉小提琴的小松鼠。

拉呀，拉呀，星星也來聽，月亮也來聽。優美的音樂，好像都流到動物們的心裡去了，大家都覺得甜蜜蜜的。

森林裡，又美好又安靜。

狐狸讓小雞躺在他的大尾巴上，這樣，小雞聽音樂時會覺得更舒服。獅子讓小兔子躺在他的懷裡，這樣，小兔子聽音樂時會覺得更暖和。

小松鼠拉著拉著，突然，從小提琴掉下來一粒東西，掉在地上不見了。

「咦，是什麼掉下來了呢？」

小松鼠說：「這是我不小心，讓小提琴裡的一個小音符掉出來了。」

第二天，掉了小音符的地裡，長出來一棵小綠芽。動物們都來看這粒發了芽的小音符。

大家都說：「瞧它那彎彎的樣子，眞像個怕難爲情的小音符呢！」

小松鼠拉小提琴給小綠芽聽。聽到琴聲，小綠芽很快地長大了，長成了一棵大樹。大樹上，結出了很多很多的梨子。這些梨子，有的很大，有的很小，長了滿滿一樹。

小松鼠說：「這些梨子，都可以做提琴呢！」

小松鼠把梨子摘下來，送給動物們。最大的送給獅子；不大不小的，送給狐狸和小兔子；小的送給小雞；最小的，送給了小甲蟲。

這些梨子都做成了大提琴、中提琴、小提琴。

動物們不再追來打去了，他們每天學拉提琴，到了有月亮的晚上，就都到松樹下來開音樂會。

現在，森林裡到處可以聽到音樂，到處都有快樂。

小羽毛

潘金英

潘金英（一九五八——），廣東開平人。一九八○年代開始兒童文學創作，著有《寶貝學生》、《小明星格格》、《暖暖歲月》、《神奇牛仔褲》等。〈小羽毛〉發表於二○○○年。

小恐龍哈利還是很小的時候，媽媽便把他送到小羽毛魔法學校學本領。

哈利年紀小，但他又胖又大，其他動物同學見到他，都有點害怕，但黑箭豬上前大聲問：「小胖龍，你有什麼本領？」

「我叫哈利，不是小胖龍。」哈利憤憤地說，「我會把樹上的葉子摘下來吃。」

「哈哈，這怎可稱爲本領？」黑箭豬大雄高傲地抬頭笑，「看我的！」大雄說罷便一頭撞向前面的樹幹，衝力很大，樹幹都快要倒下來了。

「嘩！」沙皮狗阿高，大聲牛小白他們都驚嘆起來，不斷慫恿哈利：「你也試著撞撞看！」

哈利見大雄的豬嘴有點給撞歪了，有點猶豫，又怕自己不夠力，當場給比下去。

這時，貓頭鷹博士來了。他托了托眼鏡，說：「單靠蠻力，並非好本領呢。你們都是來學魔法的，要把理想放高一點。」

哈利搖了搖尾巴，認真地聽著。

「小哈利，」貓頭鷹博士對他說：「你雖然是新來的，但不要小看自己，要對自己有信心啊！」

「我只是不知道自己可不可以做到。」哈利抓抓頭，有點吞吐地說。

「來吧！我們先學第一種魔法——飛行吧！」博士接著急促地跑了幾下，便「嗖」一聲飛到樹上了。

大雄也迅速地跑了幾步，可是並沒有飛起來，只是跳過了前面的大石。

沙皮狗阿高也蹦上欄杆上去了。

小白似乎太重了，只在沙地上跑了幾步。

哈利動也沒動，卻忽然想起：巫婆不是有一把會飛的掃帚嗎？於是便問博士：「可不可以給我們一把會飛的掃帚呢？」

「是啊是啊！」其他動物都搖搖尾應和著。

但博士嚴厲地說：「哈利，別多嘴，你先試試飛過來！」

哈利只好跟其他同學一樣，急步地跑一會兒，然後試著彈跳起來——咦，他竟然「飛」到欄杆上去了。只是，哈利太重，一踏上欄杆，欄杆便塌下來，哈利像個葫蘆般滾到地上。

「怎樣才可以變得身輕如燕呢？」哈利從地上爬起來問，「我尾巴又大又重，怎飛得起呢？」

貓頭鷹博士說：「哈利，你們恐龍本來天生就有飛行的本能，你只要把潛能發揮出來，好好運用，一定飛得又快又好！」

「可是，我媽媽也沒有飛過。」哈利頗疑惑地說。

「好吧！」博士把一束彩色羽毛撒給大家，「你們初學飛行，既然這麼沒信心，先試用學校的飛行羽毛來練習吧。你們拿著羽毛，便可在空中自由飛翔。」

大家都好奇地銜著羽毛，小白怕一根羽毛不夠，多銜了幾根在口中，看起來像長了許多鬍子一般。

奇怪，小白跑了一會兒，後腳一蹬，他居然飛起來了。口中的羽毛就像飛機的螺旋槳，帶動他飛繞過大樹，朝著初升的月光飛去呢。

大雄也起飛了，他心想：不是小飛象才會飛，我黑箭豬也會飛啊。

哈利銜著羽毛，戰戰兢兢地用尾巴一彈——哈！飛起來了，眞的會飛啦！試三百六十度盤旋吧！

哈利興奮地飛過大石，飛過小灌木，飛過樹叢，正要飛過山谷的時候，博士忽然說：「下來！」

大家都俯衝下來，著地之時都失去平衡，一個個像倒地葫蘆。哈利正陶醉在飛行中，忽然聽到博士的聲音，正想問怎樣降落，怎料一開口，羽毛便隨風飄走了——「呀，救命呀！」沒有羽毛，一定會跌死了。哈利閉上眼睛，感覺自己身體不斷下墜。

「哈利，自己飛起來，要有信心！」博士大聲地呼喚他，聲音在山谷中回響，「羽毛還黏在你的角上呢！快飛回來罷！」

一聽到這句話後，哈利感到整個身子輕了，便搖著尾巴向上飛。飛飛飛，不一會便飛回山上，飛過樹叢，然後飛到博士前面降落。

「好險啊！」哈利笑著伸手到頭上，想找回角上救他一命的飛行羽毛——「咦，我的羽毛呢？」

「羽毛早就掉了！」博士說，「我只是爲了增強你的信心才這樣說的！哈利，你心中要有自己的羽毛，學習才會成功呢！」

銀白的月光升高了，博士的眼中閃著智慧的光采，注給哈利無限的信心。

紅雨傘·紅木屐

彭懿

彭懿（一九五九—），遼寧瀋陽人。一九七六開始文學創作，著有《彭懿童話文集》（四卷）。〈紅雨傘·紅木屐〉發表於一九九六年。

去年一個黑漆漆的雨日黃昏。

我衝出新宿地鐵口，一頭扎進漫漫的雨霧中。驀地，一滴璀璨灼了我的眼：只見前頭摩天大樓的峽谷之間，飄浮著一粒腥紅色的亮點。走近了，挪掉雨水，才看清楚是一位白髮飄飄的老婆子，撐著一把紅雨傘，立在雨水中。

我與她擦肩而過的時候，聽到她在傘下喃喃地說：「今天是妙子回家的日子……」夏季的雨水已經漫過了她的腳踝。

大概老婆子是在等孫女放學歸來吧。

我眼圈有點發熱，嘴裡鹹鹹的，不知是被紅雨傘刺疼了眼，還是想起了我那沒能活到這樣蒼老的奶奶。小時候，她總是蓬亂著頭髮，站在如血殘陽裡的那棵苦楝樹下，喚著我……

繞過這片高樓群，就是我常去的那家小酒館。

可今天眞是蹊蹺極啦，在泥濘的雨地裡兜來轉去，卻怎麼也摸不到那條熟悉的小路。身邊是一片朦朦朧朧的黑樹林，樹邊還墜著一輪紅月亮。迷路了嗎？來日本東京已經六年了，我還不知道新宿有這麼一隅哪！

「喲，好重呀！幫我舉上去好嗎？」

一個脆生生的聲音，斜刺裡響了起來。

黑樹林裡閃出一個趿著紅木屐、一身白色和服的小女孩。她正費勁地把一塊油布氈撐過頭頂，我竄過去，一把撐住它，和她一起架到了樹皮小屋上。

雨下得更猛烈了。

紅月亮早已隱去了。她牽著我的手，鑽進搭好的樹皮小屋避雨。天還不算暗，我看清這是一個用樹枝疊成的小窩棚。雨「嘀嘀答答」地漏下來，濕了小女孩的髮梢，她伸出小手，接住雨滴：

「這下雨水就淋不著弟弟了。」

黑樹林的樹皮小屋裡只有我和她兩個人。我盯著她的臉問：

「弟弟？你弟弟在哪兒？」

她把手指擱在嘴唇上，輕輕地說：「別把弟弟吵醒了，他在睡覺。」

我笑了，以爲她沉浸在一個小女孩的夢境中。她的頭偎依著我的肩，我倆就這樣默默地坐在樹皮小屋裡，聽夏日的雨聲。雨快要住了的時候，她對我說：「我叫妙子……」這時我才第一次看清她的臉。一張蒼白的臉，骨瘦如柴，只是一雙大大的眸子裡溢滿了一種說不出的渴望。

「媽媽在等我回家。」她躍進淡淡的雨霧中，「看！媽媽的紅雨傘——」

黑樹林的盡頭是一線模模糊糊的小村莊。

她迎著村邊的一滴鮮紅奔去。

一對紅木屐像是一對在田埂上翩飛的蝴蝶。好久，風中傳來了她的聲音：「……再見，弟弟……」

「弟弟！」我困惑地搖搖頭。

我扭過頭，目光又一次掃過黑樹林的時候，渾身一陣顫慄：樹皮小屋下是一個隆起的土堆——一座小小的墳墓！樹皮小屋裡睡著她的弟弟！小女孩怕雨淋著長眠的弟弟，蓋上了油布氈……

我還沒來得及悲哀，遠處劃過淒厲的尖嘯，像是轟炸機的聲音。接著，田埂的上空竄起一排火海……

我們都是木頭人

鄭春華

鄭春華（一九五九—），上海人。一九八〇年開始兒童文學創作，著有《大頭兒子和小頭爸爸》、《貝加櫻桃班》、《紫羅蘭幼稚園》等。〈我們都是木頭人〉發表於二〇〇〇年。

下午，大豬和二豬坐在院子裡玩「木頭人」遊戲：「三、三、三！我們都是木頭人，不許講話不許動！」念完以後，大豬和二豬眞的像木頭人那樣一動不動了。

隔壁的喔喔雞出來倒垃圾，看見大豬二豬這個樣子覺得很奇怪，就跑過去問：「你們在幹什麼呀？」

木頭人是不會講話的，所以他們誰也沒回答。

一會兒烏雲密布，下起了大雨，把大豬二豬淋得就像從河裡撈上來一樣。

木頭人是不會動的，所以他們誰也沒躲雨。

屋頂上的煙囪冒煙了。媽媽把香噴噴的晚飯做好後站在門口喊：「大豬二豬，回來吃晚飯嘍！」

木頭人是不會肚子餓的，所以他們誰也沒去吃。

天黑了，媽媽關門睡覺了。可大豬二豬還在做著木頭人，他們誰也不願意輸。

月亮出來了，星星出來了。當然，地上的小鬼也出來玩了。一個大耳朵鬼和一個大鼻子鬼玩著玩著，看見了大豬和二豬，他們趕緊躲在一棵大樹後面。人只知道怕鬼，其實鬼也怕人的。

過了一會，他們見大豬二豬老是一動不動，就很想過去弄個明白。

大耳朵鬼說：「我們過去看看吧。」

可大鼻子鬼想了想說：「天很快就會亮的，我們還是玩自己的吧！」

大耳朵鬼好奇心特別強：「說不定他們會成為我們的朋友呢，這樣我們會比以前玩得開心。」

大鼻子鬼吸吸大鼻子說：「可要是玩過了頭，等天一亮，我們就回不了家了。你不害怕嗎？」

「不要那麼緊張。」大耳朵鬼說著，就從後面推著大鼻子鬼朝大豬二豬前面那兒走去。

他們越靠近，就越發奇怪起來，因爲大豬二豬還是一動不動。這下，大耳朵鬼和大鼻子鬼膽子大起來，就走到大豬、二豬前面，用手摸摸他們；結果一不小心，摸到了他們的癢癢。大豬二豬咯咯笑著倒在地上，連連說：「不算！不算！」

可大耳朵鬼和大鼻子鬼反而轉身就逃，他們以爲大豬二豬是故意這樣引他們上鉤的。

大豬二豬就喊：「哎，你們別跑。我們是在玩『木頭人』遊戲！」

大耳朵鬼和大鼻子鬼這才停下，可他們還不敢過去。

二豬說：「別怕，快過來同我們一起玩！」

大豬說：「如果你們不會，我們教你們。這個遊戲可好玩呢！」

大鼻子鬼對大耳朵鬼說：「看起來他們不會騙我們。」

大耳朵鬼對大鼻子鬼說：「那我們就過去跟他們學這個遊戲。」

他們走過去了，一直走到大豬二豬跟前。

大豬二豬看著他們的大鼻子、大耳朵，覺得很好玩。

大豬問：「你們是誰？樣子眞滑稽！我們怎麼從來沒有見過？」

「我們是小鬼。」他們一起回答。

「什麼？」二豬驚訝地說，「小鬼？可媽媽說你們樣子是很可怕的！」

兩個小鬼不好意思地笑一笑。

大豬說：「好了好了，不管這些了。我們還是教他們玩遊戲吧！」

於是他們一起玩起來：「三、三、三！我們都是木頭人，不許講話不許動！」可大鼻子鬼和大耳朵鬼因爲是第一次玩，總是忘記，總是動。他們要麼耳朵癢了，抓一下；要麼鼻子癢了，打個噴嚏……就這樣他們動了十幾次，大家笑了十幾回，然後重來了十幾遍；直到天濛濛亮的時候，兩個小鬼才學會控制自己，才一動不動像眞的木頭人一樣。

可是天就要亮了，大豬二豬不知道天亮了如果小鬼不回家，就要變成石頭的！而兩個小鬼實在玩得太高興了，他們還從來沒有這樣玩過呢！

這時候傳來了喔喔雞的叫聲，這是他每天在天亮之前必須向大家報告的。

大耳朵鬼想提醒大鼻子鬼，可他又不願意放棄這場還沒有結束的遊戲。

大鼻子鬼想提醒大耳朵鬼，可他很不願意丟下這兩個可愛的新朋友。

他們一動不動。大豬二豬也一動不動。

終於，最後一片黑雲被清晨的風吹得越來越薄，越來越透明，再也擋不住太陽了！

天亮了！只見太陽剛剛照射過來，兩個小鬼先是變成了金色，然後慢慢縮小，一直縮到樹墩那麼高，就變成了兩塊石頭。

這一切，大豬二豬都親見看見，他們驚呆了，直到隔壁的喔喔雞又出來倒垃圾，他們才告訴他：「這兩塊石頭是兩個小鬼變的！」

喔喔雞聽了笑著說：「你們在說什麼胡話呀？這明明就是兩塊普通的石頭，只是剛好像凳子一樣可以讓我們坐下。」說著，他就試了試，嚇得大豬二豬一起拎起他。他們還不習慣這只是兩塊石頭。

他們又跑去告訴媽媽。媽媽聽完了說：「這是因爲你們一個晚上沒睡覺，出現幻覺了！」反正誰也不相信。

大豬二豬不再說什麼了。他們回到那兩塊石頭前，輕輕地摸著，然後輕輕地坐在上面，又玩起了「木頭人」遊戲：「三、三、三！我們都是木頭人，不許講話不許動！」

現在，他們不再是一動不動的了，而是學兩個小鬼一會兒抓耳朵，一會兒撓鼻子，還連續打噴嚏，笑得東倒西歪……他們覺得他們不再是兩個人玩，而是四個人玩，玩得開心極了，比從前的哪一次都要開心得多！因爲兩個小鬼永遠和他們在一起了。

當然，這只有他們心裡知道，也許，那兩塊石頭也知道。

三隻小貓

潘明珠

潘明珠（一九六〇——），廣東開平人。一九八〇年代開始兒童文學創作，著有《香港無名島》、《噴泉的心願》、《明星同學》、《七色燒餅》等。〈三隻小貓〉發表於二〇〇〇年。

貓媽媽的三隻小貓，大的全身雪白，叫小白；排第二的毛色烏黑，脖子上一小撮白毛像禮服上的小花結，人人叫他小黑；最年幼的背上長了間黑間白的毛，媽媽便叫他小三，因爲「三」字像黑白間哩。

貓媽媽常督促小貓三兄弟要努力學習捉鼠。「這是貓的工作，我們一生要做的。」貓媽媽很嚴肅地說。每次她捉老鼠時，都吩咐小貓們在旁觀察學習，要他們記住步驟和細節，譬如怎樣伺機而動，怎樣用爪擒捕，怎樣把鼠制伏等。

小貓很聰明敏捷，很快便掌握了技術，而且開始實習呢。小白一出動便成功地捉了兩隻老鼠，可是他的白毛卻給鼠血染汙了，他要慢慢才舔乾淨。小黑也捉了一隻小鼠，笑著向媽媽報告。小三本來也有機會，但他臨陣沒有撲跳出去，因爲他有疑問：「爲什麼我們世世代都要重複這樣的工作和生活呢？我不可以有自己的理想嗎？譬如成爲出色的溜冰手。」

「小三，你胡思亂想什麼呢？理想是很危險的。捉鼠這工作已預先安排好，安安穩穩的，別多想啦！」媽媽說。

但小三內心並未平伏。他看到媽媽像機器般重複著埋伏、擒捕的程序，感到無聊。哥哥小白身上的血漬，又令他感到厭惡。他真的不想依著媽媽的意思，平平凡凡的做隻捉鼠的貓過一生。他悄悄地問哥哥們：「若果可以選擇，你們希望做些什麼事呢？」

小白剛捉了鼠，獲獎一大塊芝士，正吃得滋味，想也不想便答：「我當然希望不用做工，也天天吃得好啦。」

小黑則抓抓頭頂的黑毛，聳聳肩說：「噢，不知道。」

小三只好悶聲不響地伏在窗前，腦子裡像他背上的黑白間條，反反覆覆地思考，怎樣突破生活的框框呢？

窗外下了初雪，在月影下亮晶晶的。那棵松樹層層葉子蓋了白雪，驟看像小三的黑白毛。樹後的星光彷如炯炯的眼神，給松樹加添智慧。

小三受這美麗的景象吸引，不禁穿上溜冰鞋，輕輕滑行到松樹前。這時，他聽到一把深沉的聲音在訴說哲人的話：

我們來不及把夢抓住，

一個個的時辰，迅速地消逝了。

一生是那麼短促，如果生命只是爲了日復日的勞役，

那就無窮地長了。

兄弟，記住這一點歡欣鼓舞吧！

小三雙腳彷彿受到鼓舞，開始飛快地在冰上滑行，完全不怕跌倒。然後又繞著松樹旋轉，甚至單腳自轉十數圈，儼如冰上飛舞的雪花。而小三心中意念清晰如雪，那就是只管朝著自己的理想努力！

河馬當保姆

蕭定麗

蕭定麗（一九六五—），河南息縣人。一九八四年開始兒童創作，著有童話《嘀麗叫的魔力兔》、《大鼻子先生的故事》、《神秘雙胞胎》等。〈河馬當保姆〉發表於一九八〇年代初。

河馬三天沒吃東西，一股大風就能把他刮走。餓呀，餓呀，受不住了，河馬一眨眼睛，一串眼淚掉在了腳背上。這麼大個子掉眼淚，人家看見會笑話的。河馬埋下頭，他看見什麼啦？電線桿上貼著一張紙，紙上寫著：貓媽媽急需保姆，快來！

河馬一口氣跑到貓媽媽家，輕輕地敲了敲門。

「誰呀？」貓媽媽開門一看，被嚇了一跳。

河馬趕緊垂下頭，把高大的身軀往下縮了又縮。

貓媽媽笑了：「河馬，你是來當保姆的嗎？」

「是的。」河馬搓著大手說。

「你以前當過保姆嗎？」

「當過。人家嫌我個子大。」

「個子大有什麼不好，沒人敢欺負我的寶寶。」

「人家還嫌我聲音大。」

「不大不大，和我們貓的聲音差不多。」

「不是的，這會兒我很餓……」河馬想說因爲餓才不能用大聲音說話，貓媽媽不往下聽，趕緊端了一鍋子麵條來。

「別客氣，吃吧，吃飽才能幹活。」貓媽媽說。

河馬吃了一點就停下了，他不知道貓媽媽讓不讓他在這兒當保姆。

「看，你的飯量一點也不大。」貓媽媽歪著頭說。

河馬眨眨眼沒吭氣，其實他可以一口氣吃三鍋子麵條。

「好，我很中意你！」貓媽媽像做廣告似的。

河馬咧著嘴笑了。他的嘴唇那麼大，要是用口紅的話，一次得用兩支。

貓媽媽把貓寶寶交給河馬，就上班去了。

河馬高興地從搖籃裡抱起貓寶寶，揉揉鼻子說：「你媽媽眞是個好心人呀！」

也許是河馬那一張一合的大嘴巴，嚇壞了貓寶寶，他哇的一聲大哭起來。

哦，貓寶寶餓了！河馬把餅乾筒裡的餅乾一古腦兒倒進嘴裡，一邊哼哼唧唧地哄貓寶寶：「貓寶寶，不哭不鬧，嚼爛餅乾就餵你一個飽！」河馬嚼了半天之後，一摸嘴什麼也沒有了。原來餅乾都順著河馬的大嗓門，流到他肚子裡去了。貓寶寶哭得更加厲害，河馬又慌忙煮了一大鍋子牛奶，呼呼地吹著熱氣。他嘗了一口，很燙啊！這樣會把貓寶寶的舌頭燙壞的。又吹氣，又嘗一口。嘗了一口又一口，嘗到最後，牛奶只有一滴雨水那麼多了。啊，這下不燙了，河馬把這滴牛奶倒進了貓寶寶的嘴裡。可憐的貓寶寶，嗓子都快哭啞了。

「呵——呵——好累啊！」河馬的眼皮沉得睜不開了，「我三天三夜沒睡覺了。」

河馬在貓寶寶的哭啼聲中睡著了。貓寶寶的哭聲成了河馬的催眠曲。

貓媽媽下班回來了，開不了門，只得大聲喊：「河馬！河馬！」

河馬的呼嚕像打雷。

「河馬！河馬！」

河馬哼了一聲。

「河馬！河馬！」

河馬驚醒來，開了門。

「快把貓寶寶放進搖籃裡！」貓媽媽皺著眉，捂緊了耳朵。

河馬把貓寶寶放進了搖籃，貓寶寶立刻不哭了，好怪的寶寶！

河馬從地上站了起來，貓媽媽驚訝得張大了嘴巴。

「天哪，你的個子怎麼變得這麼大？」

「一直是這樣。」河馬摸著肚皮不好意思地說。

「哎呀，河馬，你的聲音大得快把屋子震倒了！」

「我知道你會這麼說。」河馬的眼神黯淡下來。

「你生氣啦，河馬？」

「沒有。……我想告訴你，今天上午，貓寶寶吃了一筒餅乾。」

「一筒餅乾？」

「還有一鍋子牛奶！」

「一鍋子牛奶？哈哈哈……」貓媽媽大笑起來。

「你笑什麼呀？」河馬莫名其妙地盯著貓媽媽。

「貓寶寶這麼小，怎麼能吃得下這麼多東西，他又沒長著河馬肚。」

河馬的臉「唰」地一下紅了，連眼圈都紅了。

貓媽媽急忙說：「河馬，你千萬別哭啊，你的兩滴眼淚掉下來，非把我家裡的東西都漂走不可。」

河馬捂住了眼睛。

貓媽媽慢慢走近河馬：「河馬，聽我說，你不適合當保姆。」

「這麼說，我又得回去跟爸爸一塊養魚啦？」

「養魚？你養過魚嗎？太棒啦！對我來說，生活中絕對少不得魚。」

「是這樣嗎？你不覺得養魚沒出息嗎？」

「不不，養魚太有出息了！太偉大了！」

「嗯，我應該回家去養魚。」河馬的目光望著門外，「不應該瞞著爸爸跑到城裡來。」

貓媽媽拿出錢和一大袋子點心說：「祝你一路順風！」

河馬感動地說：「謝謝你，等趕明兒我一定給你送一籮筐大魚來。」

「唔，我眞想去給你當保姆，那樣我就有好多魚吃了。」

說罷，貓媽媽和河馬都大笑起來。

噴嚏小妖

徐建華

徐建華（一九六五——），浙江淳安人。一九八九年開始發表兒童文學作品，著有童話《外星恐龍》、《音樂小魔女》等。〈噴嚏小妖〉發表於一九九九年。

老屋

太阿婆是我爸爸的奶奶，她看上去有一百多歲。鄰居家的孩子常來我們住的老屋聽太阿婆講故事。

老屋的前庭有個天井。天井是用長條的青石疊成方形的，當中還有個小池子。下雨時，我常站在樓上的過道裡，把頭探出窗子，望著天空中飄落的雨珠落在天井的青石上，噼噼啪啪摔得粉身碎骨。

秋天的天井有些涼意。

「太阿婆，給我們講個故事吧。」鄰居家的孩子田榕嚷嚷道。他比我高兩個年級，胖得很，膽子也特別大。

「你們要聽啥？」太阿婆臉上的皺紋在灰暗的燈光下顯得更深了。

「妖怪故事！」田榕急不可待地站起來。

「不，不要。」許香搖頭反對。

「太阿婆，就接著昨天的妖怪故事講吧。」我說。

許香和我同班，她的成績總是比我的好。媽媽常常當著她的面說我學習不用功，不如她，鬧得我在男同學面前抬不起頭。可太阿婆講妖怪故事時，她嚇得像隻小貓，縮在凳子上。

有時下午放學後，我和班上的男同學常躲在牆角；等許香走過，我們突然跳出來學鬼叫，嚇得她大聲尖叫。

太阿婆今天講的是一個水井妖怪的故事。雖然這個妖怪心地非常善良，可聽了總讓人心驚膽戰的。

「阿——嚏！」

太阿婆打了個很響的噴嚏。

噴嚏聲在老屋裡有很長的回響。我好像看見從太阿婆坐的凳子下面的石縫裡鑽出一個模糊的身影。因爲燈光很暗，我也沒看清。

「好了，好了。天涼了，明天再說吧。」爸爸擔心太阿婆會著涼，讓鄰居家的孩子早點回家休息。

我走上上樓的木梯。

梯子「咕吱咕吱」地響。

我好像感覺到那個水井妖怪也跟在我的後面，可我不敢回頭。我加快腳步上了樓，鑽進自己的被子。

「哎喲，你壓著我了！」

「誰呀？」我覺得好奇怪，家裡只有一個妹妹，她嫌我的被子髒，從來不會鑽到我的被子裡。

會不會是鄰居家的孩子？

我掀起被子，從裡面鑽出一個奇怪的小人；她的眼睛特別大，渾身有些螢光，有些耀眼。

難道她是水井妖怪？

我的身子不由得有些發抖，想大聲喊爸爸，可喉嚨乾乾的，發不出聲音。

這小人神情緊張地看著我，眼睛裡流露出膽怯的目光。

「你到底是誰？」我問。

小人有些哽咽。

「我是噴嚏小妖。」

「噴嚏小妖？」我還是第一次聽到世界上有這樣的人。

「你從什麼地方來？我讓爸爸送你回家。」

「剛才你太阿婆打噴嚏時，把我吵醒了。我原來是待在天井的石縫裡的。」

我心想，這我可沒辦法讓爸爸送她回去；她現在變得這麼大，石頭的縫隙那麼小。我拉著噴嚏小妖的手，發覺她的手軟軟的，非常冷。我讓她趕緊鑽到被子裡。

「晚上你就睡到我這裡吧。天亮我讓爸爸想辦法。」

妹妹病了

早上，我被妹妹接連不斷的噴嚏聲吵醒。

忽然，我想到昨天晚上那個小妖。

我咚咚跑上樓，被子裡沒有小妖，壁櫥裡也沒有。

我在樓上四處尋找。樓板被我踩得「咯吱咯吱」響。

樓下，爸爸惱火了：「你在樓上學鬼跑啊？」

我知道，要是我向爸爸說起噴嚏小妖的事兒，他準會笑話我：是個讀書人了，還信那鬼事兒，書準是讀到屁股裡去了。

我挎上藍布書包，上學去了。

上午的英語課，大家跟著學校那台唯一的錄音機練聽力，裡面放出的聲音已經有些變調。

天黑時，下起了雨。

我看見天井裡濕濕的青石上反射著昏黃的燈光。

鄰居家的孩子是不能來聽太阿婆講故事了。

妹妹今天到鎮上的醫院看過病，還打了針。每次打針，晚上她都會說夢話。

我忽然想到妹妹打噴嚏生病，會不會和噴嚏小妖有關？她會不會又鑽到我的被子裡？

我躡手躡腳地上了樓。

走近床，我一把掀開了被子。

小妖果然在裡面，她頭髮有些潮濕，一定是淋過了雨，神色比昨天差多了。

「我妹妹生病了，這和你有關嗎？」

小妖急忙將她的視線移到別的地方。

「難道眞的是你讓我妹妹生病的？」

小妖還是一言不發。我知道自己的猜測一定是對了。

「你滾！我不要你待在我家裡。你知道，生病打針多麼疼嗎？」

小妖流下了亮晶晶的眼淚。她下了床，推開窗子，外面的雨下得很大。我有些不忍心讓小妖出去淋雨。

「你不要再讓人生病了。人生病會有危險的。」

小妖總算答應留下來。

一百個噴嚏

半夜，我被噴嚏小妖的哭泣聲驚醒。

「怎麼啦？」

小妖的哭聲更大了。

「你快說嘛！哭有什麼用？」

「你忘了我是噴嚏小妖。我們這些小妖一旦蘇醒，就只有三天的生命。」

「三天？只能活三天？」

此時的小妖似乎平靜了許多。

太阿婆的老屋房樑已經被烟熏黑，四周的牆板昏黃昏黃的，有些已經乾裂開。小妖在牆上映出長長的影子。

「我唯一能延長生命的辦法，就是要聽到一百個噴嚏。」

第二天，我把噴嚏小妖的事兒，悄悄給田榕和許香說了。

「我媽媽說，打過噴嚏喝碗薑湯就不會生病了。」許香出了個主意。

「對，叫小妖讓我們打噴嚏，打完一百個噴嚏，我們喝碗薑湯就沒事了。這樣，她就能延長生命。」田榕也覺得這是個不錯的主意。

小妖的臉色已經變得蠟黃，兩眼毫無光彩。

「你快讓我們打噴嚏！」我焦急地對小妖說。

小妖無力地睜開眼睛。她看看我，又看看站在我旁邊的許香。許香手裡端著一碗熱熱的薑湯。

「你讓我們打噴嚏，我們不會生病的。我們有薑湯！」

許香把湯碗端到小妖的眼前。

小妖搖搖頭：「不，我不能讓你們冒任何風險！」

「不會有風險，你看我多強壯。」

我捋起袖子，讓她看看我手臂上的肌肉。

小妖閉上眼睛。她已經非常虛弱。

太阿婆在樓下的天井裡揀黃豆，我們在樓上能聽見乾豆枝的「噼啪」聲。太阿婆今天怎麼不打噴嚏？她打噴嚏多好，這樣小妖就有救了。

三天的時間就要到了。

小妖已經說不動話了。

「咚咚！」

有人急急忙忙跑上樓來。

是田榕，他手裡抱著一件用塑料紙包著的東西。

「這是什麼？」許香問。

田榕一言不發，匆匆忙忙地打開包裹。那是學校的錄音機。

「你還有心思玩這個？」我非常惱怒。

田榕還是一言不發。他接上電源，按下了錄音機的開關。裡面傳出了……

「阿——嚏！」

「阿——嚏！」

「阿——嚏！」

……

我這才明白田榕絕妙的主意。

小妖聽到噴嚏聲，慢慢醒了。

當她聽完一百個噴嚏聲後，她的小臉紅潤了，眼睛也有了光彩。她贏得了生命，永久的生命！

笨狼煮雪糕

湯素蘭

湯素蘭（一九六五—），湖南寧鄉人。一九九一年開始兒童文學創作，著有童話《笨狼的故事》、《小朵朵和大魔法師》、《小朵朵和半個巫婆》等。〈笨狼煮雪糕〉發表於一九九八年。

笨狼想弄點什麼好吃的招待朋友們。

笨狼打開冰箱找東西，找著找著，笨狼找到了一樣好東西：大雪糕！

「我找了你們一個夏天沒找到，原來你們躲在這裡呀！」笨狼高興得叫起來。

今年夏天，天氣實在太熱了，笨狼就買回了一堆雪糕。可是，笨狼剛把雪糕放下，只到洗臉間擦了一把汗，就怎麼也找不到那些大雪糕了。

原來，笨狼把雪糕買回來的時候，還嫌雪糕冰得不夠，就把它們放在冰箱的冷凍室裡加凍。笨狼的記性不好，一放就忘了，再也沒找到。

笨狼決定給朋友們一個驚喜。他笑瞇瞇地走到大家跟前，對大家說：「你們去把手洗乾淨，坐在桌子邊上，等著，我請大家吃大雪糕！」

冬天裡有大雪糕吃，太棒了！大家就都趕快洗了手，坐在桌子前等著。

笨狼獨自在廚房裡忙開了。

「雪糕在哪裡呀？」乖乖兔忍不住問道，腦袋朝廚房裡張望。

「出去出去！一會兒就知道了！」笨狼把乖乖兔推出廚房，還「砰」的一聲把門關上了。

想起雪糕的滋味，淘氣猴、胖野豬和乖乖兔坐在桌子前直嚥口水。

廚房的門終於打開了，笨狼一邊得意地唱著歌，一邊把四個杯子放在桌子上。

每個杯子口放著一塊小木片，一股甜甜的熱氣從杯子裡冒出來。

大家就都咕嘟咕嘟喝起來。

喝完了，大家都看著笨狼，等著他拿雪糕出來。

笨狼見朋友們老盯著自己，就問：「你們還看著我幹什麼？」

淘氣猴說：「快給我們雪糕吃吧！我們都等不及了！」

笨狼眨眨眼睛，回答說：「都給你們吃過了，怎麼還要呀！」

乖乖兔不承認，他說：「剛才喝的是牛奶！不是雪糕！」

「才不是牛奶呢。是雪糕，你看這個小木片，不是雪糕上的嗎？」

笨狼捏起杯子裡的小木片，給大家看，還說：「天氣這麼冷，我怕大家吃了涼東西肚子痛，就把大雪糕煮熟了。」

「哎呀，雪糕怎麼能煮呢？」乖乖兔、淘氣猴和胖野豬一齊叫起來。

音符小鬼

王蔚

王蔚（一九六六—），上海人。一九九〇年開始兒童文學創作，著有《一本正經的小妖精》、《外婆的無憂島》、《水皮女》等。〈音符小鬼〉發表於二〇〇〇年。

音符小鬼不像別的小鬼那樣，都有自己的家。她們呢，從來也不需要家，今天住這裡，明天住那裡，只要是有好聽音樂的地方，就有音符小鬼的影子。

當然啦，不愛聽音樂的人，也是看不見音符小鬼的，看不見她們透明的小裙子，和她們在空氣裡跳舞的樣子。

這裡就有一個人，他一生見過許多世面，但從來就沒見過音符小鬼。

不過，他也不覺得有什麼不好，有什麼遺憾。因爲他以爲，音樂這種東西，本來就是可有可無的，看不見，摸不著，不能吃，不能穿，不能用，連垃圾都不如；垃圾還能廢物利用呢。

但是這天，有好多音符小鬼溜到他家來了。

他的隔壁搬來了愛音樂的人，這是兩個女學生。她們的房間裡，不時傳出好聽的音樂，那些柔和綿長的聲音，是小提琴發出來的。有時候，吉他在一邊伴奏，叮咚咚咚……

她們的房間裡，眞是住滿了音符小鬼。

音符小鬼們是些好動的小傢伙。她們不會總待在一個地方，今天從窗口飛出去，明天又從門縫擠出去，要是門窗都關得牢牢的，也有辦法穿牆而過……

你看她們在半空裡飄呀蕩呀，陽光照下來，她們就變得五顏六色起來，一個個調皮地往行人耳朵裡鑽，往汽車門縫裡鑽，有時候就藏在人們的領子裡，口袋裡，皮包裡，跟著人們溜進家……

音符小鬼們最得意最滿足的時候，是看到人家臉上有了微笑，或者眼睛瞇起來，好像在做白日夢……那是人們陶醉了。

所以她們對隔壁這個人就特別地不滿意。有的時候，她們跑去鄉下，跑到牛兒散步的草地上跳舞，連牛兒都會開心起來。可是這個人，從來就對她們不理不睬，實在是太無禮了。

就連你特意在他眼前飛來飛去，特意從他耳朵裡穿進穿出，他的臉也永遠是那麼木兮兮、死板板的，眼睛裡面空空蕩蕩。

他忙得很，要工作，要賺錢，要吃飯，要睡覺……但他的生活裡從來都沒有音樂。

要不，他是一個聾子？可是，明明見他接聽電話來的。

他什麼都聽得見，可怎麼就偏偏聽不見音樂呢？

音符小鬼們決定好好努力一次。

這天晚上，她們紛紛溜進他家裡，一個個藏好。

清早，他一起床，就有音符小鬼從被子裡跳出來；他穿衣服，音符小鬼從袖子裡、襪子裡、鞋子裡跳出來；他吃早飯，鍋裡碗裡跳出音符

MONEY & MARKETS
BUSINESS

小鬼；喝茶，杯裡跳出音符小鬼，還有櫥裡、抽屜裡、皮夾裡、烟盒裡、酒瓶裡……

音符小鬼們眞是忙壞了，但這個人還是一點點反應都沒有。他根本就沒察覺她們的存在。

她們眞是傷心死了，怎麼會這樣？難道他沒長著一顆人的心？可她們還是不死心。這天晚上，趁他睡著了，她們掀開被子，敲敲他的胸口，聽聽，嗯？怎麼「篤篤篤」響，像是敲在石頭上？

她們把他的心拿出來，哦，眞的是一塊石頭，一點跳動都沒有啊。拿到燈光下去檢查檢查、敲打敲打，好多碎片泥垢稀里嘩啦掉下來。原來，是好厚的一層殼包住了他的心，眞硬啊！

她們拿來鎯頭，使勁敲，使勁打，越來越多的灰塵揚起來，硬塊碎殼掉了一地……

鬧了半天，原來是這些討厭東西把他的心裹得太緊太嚴太長久了。所以，他根本感覺不到別的……

現在，這顆心乾淨了，也活了，又跳動起來……

音符小鬼們趕快把它送回這個人的胸膛。

第二天清早，這個人醒過來，覺得跟往常很不一樣：「這是怎麼啦？我的心情，怎麼這麼舒暢？」

他還感覺到陽光照在臉上，感覺到……喲！那是什麼？空氣裡，好多透明的、穿著小裙子的小鬼在跳舞！

他的臉上突然有了一陣感動的表情。因爲，他聽見了音樂，那些柔和綿長的琴聲，還有叮咚咚咚……

他看著窗外的天，好像第一次發現，它是藍的：「眞好啊——」今天的一切，都眞正打動了他……

這時他一低頭，發現一地碎片硬殼，不由得皺皺眉頭：這都是些什麼討厭的東西？

他把它們掃進了垃圾桶。

音符小鬼們從這天起，不再傷心了。因爲，她們成了這個房子裡最受歡迎的小鬼。

快樂的小蠟筆

張弘

張弘（一九七五—），上海人。一九八七年就開始發表兒童文學作品，著有《爸爸從Q星歸來》、《飛翔的天堂鳥》、《老虎沒有來》等。〈快樂的小蠟筆〉發表於二〇〇〇年。

從寧靜的大峽谷出來，拐進一家叫「第五俱樂部」的小飯館：嘿，這裡的樓梯「吱呀」作響，這裡的爐灶「吱溜」冒香，等座位的客人一直排到了門口；有個端盤子的姑娘在他們中間穿來穿去像跳舞，桌上的刀叉酒杯叮叮噹噹如伴奏。

快樂的第五俱樂部，守著快樂的大峽谷，等著來自各地的快樂遊客。他們「嘰里呱啦」、「哦哦啊啊」，連說帶比劃要吃這吃那。

可是，那麼多不同的人，那麼多不同的話，誰懂呢？

端盤子的姑娘眨巴眨巴眼睛，有了！她不知從哪兒變出一個小小的玻璃杯，放在靠窗那張灑滿陽光的桌上。玻璃杯裡放著好多枝彩色小蠟筆，他們在杯子裡迫不及待地你擠我我擠你：「用我畫畫吧！」「用我畫畫吧！」

「小心，別急！」姑娘把跳出來的小蠟筆一枝枝捉回去，從圍裙兜裡取東西。

「是什麼？」「是什麼？」小蠟筆們身子貼緊了玻璃在瞧。

一張樹紋樣的紙，鋪在雪白的桌布上；姑娘把盛小蠟筆的杯子壓上去。啊，小蠟筆們激動得又要跳出來了。

現在，他們成了第五俱樂部最受歡迎的角色了。如果有人喜歡喝上一杯，他會選紅色的小蠟筆畫一瓶葡萄酒；喜歡沙拉的，會用綠色「刷刷」兩筆，還要用橙色的小蠟筆點上幾滴千島汁。黃色的小蠟筆總是最得寵的，誰不想嘗嘗炸得金燦燦的薯條？就連黑色和白色的小蠟筆也派上了用場，他們可以畫咖啡和牛奶。有時候孩子們還讓他倆搭檔創造一個雙色冰淇淋。

這些畫中的許多，都被貼在門口當作「今日菜單」；這樣，走過路過的人都能看懂了。雖然這些畫常常會被叉子不小心戳了個小洞眼，甚至還留著些油漬跡，但這其實更好不過了。因爲它們傳遞著烤牛排的香、玉米湯的香、烟熏魚的香。上哪兒去找能讓鼻子也一塊兒享受一番的圖畫呢？

這群小蠟筆可自豪、可快活了！噢，不對，有枝藍色的小蠟筆卻越來越憂傷。本來，他覺得自己挺漂亮、挺招人愛的。每次，有客人湊近小玻璃杯，他都拚命伸長了脖子：「挑我吧！挑我吧！」可是，當黃色和橙色的小蠟筆都「縮了個頭」的時候，唉，他還沒被用來畫過一筆呢！

見識很廣的黑蠟筆——因爲他曾在一位教授手下畫出咖啡——安慰藍蠟筆：「這可不是你的錯，小老弟！因爲世界上根本就沒有藍色的食品。」

「是嗎？那姑娘在餐桌上放枝藍色的蠟筆有什麼用呢？我是不是多

餘的呢？」藍蠟筆就更苦惱了。

苦惱的藍蠟筆整天走神，對身邊的事情都不太在意了。他沒有發覺，這些日子，經常有個小伙子來「第五俱樂部」。他總是揀比較空的時候，坐在靠窗的桌前眺望大峽谷，陽光照著他洗得都有些褪色的藍色茄克和乾淨的藍色牛仔褲。他的眼睛也是藍色的，像湖水一樣，流動著端盤子姑娘的身影。

他不必用蠟筆畫畫點菜，姑娘就會送上冒熱氣的牛奶和麵包，還有甜蜜的微笑。

可是有一天，小伙子吃完後，開始在小玻璃杯裡翻翻揀揀。「挑我吧，挑我吧！」小蠟筆們又叫了起來。只有藍色的蠟筆，他斜倚在玻璃杯內壁上，故作瀟灑：「我不稀罕被人欣賞！」

偏偏這回，藍蠟筆被選中了。「哦——」所有的小蠟筆都仰起頭，看著他出去時又驚又喜那樣兒。小伙子用藍色的蠟筆在樹紋紙上畫呀，一個又一個的小圖案，排成斜斜的一行又一行，整整齊齊。小蠟筆們從來沒見過這麼好看的圖畫：他們你疊我身上，我壓你肩上，都要把玻璃杯弄倒了。

「畫的是什麼？」不知何時，端盤子的姑娘來到桌邊。「是呀，畫的是什麼？」「是什麼？」小蠟筆們跟著學舌。

小伙子抬起頭，嘿，他的藍眼睛同藍色的小蠟筆像極了！「一首詩。」他說。

「一首詩！」小蠟筆們輕聲討論起來，「詩是什麼？」「詩的味道好嗎？」

「詩像酒一樣醉人嗎？」紅蠟筆問。

「詩像橄欖一樣回味無窮嗎？」綠蠟筆問。

HENSSY...
XO
MILK
CAFE
ORANGE
BLACK
RED
BLUE
YELLOW
WHITE

「爲什麼詩是藍顏色的呢？」他們一同朝向姑娘，「藍色的詩，你會把它貼到門口去嗎？」

「這回，還是留著我自己享用。」他們看到姑娘的雙頰掠過一抹紅暈。姑娘把藍色的詩小心地卷起來，握在背後；像一陣快活的風，飄走了。

後記

徐建華

人來到這個世界上，總會有寂寞的時候。捧著一本自己喜歡的書，也許寂寞就會被書的魔法驅散。童話書，不僅能驅散寂寞，還能幫你找到許多珍貴的東西。

我和張秋生先生編輯這套《中國現代經典童話》時，讓我們最感動的是童話中蘊含的充滿張力的童心。

中國現代童話至今已有八、九十年的歷史。每個歷史時期的童話，它講述的故事內容，表達的藝術方式，都是不同的，但其中蘊含的天眞、純潔、善良的童心是不變的。我們在閱讀這些童話時，不僅可以讀到作家當時創作的心境，更奇妙的是，我們還能讀到那個時代孩子們的生活，那個時代孩子們的所思所想。我們讀的不僅僅是各個時期的童話，還是各個時期的世俗風貌。

寫到這裡，我忽然想到一九九九年七月的雨季，聯經出版事業有限公司的黃惠鈴小姐來上海，我陪她遊覽周庄。那幾天正趕上百年未遇的大雨，進周庄的路都被河水淹沒了，我們只能租借三輪人力車在水中遊覽江南水鄉古鎮。這個古鎮已經有九百多年的歷史，但那裡的水巷、民宅、石橋依舊能深深打動著我們。就像這套書裡選入的有些作品，已是數十年前（或是十多年、數年前）的作品，但它散發的藝術魅力依舊能撥動我們的心弦。

中國現代童話的作家衆多，作品浩繁，選編過程中，我們本著兩個原則：一是選入的作品是該作家的代表作，二是這篇作品也能適合當今讀者的審美需求。作品排列的次序是根據作家的出生年份排列的，這樣便於讀者按照歷史的進程來了解童話的發展。

在這裡，我們要感謝聯經出版公司的同仁，他們爲這套書的出版付出了辛勤的勞動。也要感謝詹咏先先和蔣崢先生爲這套叢書插畫，他們兩位是上海少年日報出色的年輕畫家。

我們希望這套書能給二十一世紀的讀者帶來閱讀的快樂，閱讀的享受，也希望我們一起來珍視人類可貴的童心。

中國現代經典童話 III

2003年6月初版　　定價：新臺幣280元
2020年6月二版

主編	張秋生
	徐建華
叢書主編	黃惠鈴
編輯	高玉梅
校對	何采嬪
封面設計	樊孝昀
插畫	詹　咏
	蔣　崢

出版者	聯經出版事業股份有限公司
地址	新北市汐止區大同路一段369號1樓
叢書主編電話	(02)86925588轉5312
台北聯經書房	台北市新生南路三段94號
電話	(02)23620308
台中分公司	台中市北區崇德路一段198號
暨門市電話	(04)22312023
郵政劃撥帳戶第	0100559-3號
郵撥電話	(02)23620308
印刷者	世和印製企業有限公司
總經銷	聯合發行股份有限公司
發行所	新北市新店區寶橋路235巷6弄6號2F
電話	(02)29178022

副總編輯	陳逸華
總經理	陳芝宇
社長	羅國俊
發行人	林載爵

行政院新聞局出版事業登記證局版臺業字第0130號

本書如有缺頁，破損，倒裝請寄回台北聯經書房更換。　ISBN　978-957-08-5550-0 (平裝)
聯經網址 http://www.linkingbooks.com.tw
電子信箱 e-mail:linking@udngroup.com

國家圖書館出版品預行編目資料

中國現代經典童話 III / 張秋生、徐建華主編 .
詹咏、蔣崢插畫 . 二版 . 新北市 . 聯經 . 2020.06
232面；14.8×21公分 .
ISBN 978-957-08-5550-0（平裝）
[2020年6月二版]

859.6 109007804